Das Vermächtnis des Bischofs

Eine satirische Erzählung

von

Michael Gärtner

Bibliographische Information der Deutschen Nationalbibliothek:
Die Deutsche Nationalbibliothek verzeichnet diese Publikation
in der Deutschen Nationalbibliographie; detaillierte bibliographische
Daten sind im Internet über
http//dnb.dnb.de abrufbar.

© 2019 Gärtner, Michael
Herstellung und Verlag: BoD – Books on Demand, Norderstedt
ISBN: 9783749484027

1

Sie mühte sich die letzten Meter der schmalen, steilen mit groben Steinen gepflasterten Straße hinauf, tauchte in den Schatten ein und stand endlich vor dem Tor. Es war verschlossen, aber sie wusste, dass es sich heute für sie öffnen würde. Sie ging davon aus, dass es sich ab heute fraglos täglich für sie öffnen würde. Das Tor war zu beiden Seiten von hohen, aus massivem Sandstein gefertigten, vom Regen der letzten Tage feuchten und dunklen Gebäuden eingerahmt. Zwischen ihnen spannte sich der steinerne Bogen, der das Tor nach oben hin abschloss und so einen einige Meter tiefen düsteren Durchgang bildete. Die beiden schweren Flügel aus geschmiedeten Eisenstäben waren am Boden in moderne Halterungen eingerastet, an den Rückseiten wurden sie von starken Stangen gehalten, die in den Zylindern einer hydraulischen Schließanlage verschwanden. Die moderne Technik an diesen alten Toren ließ sie unwillkürlich nach den Überwachungskameras suchen, von denen sie aber nur eine entdeckte, die sie fest im Blick hatte und die ihr Bild vermutlich in irgendeinen abgedunkelten Kellerraum übertrug.

Wenn sie nicht gewusst hätte, wo sie sich befand, so hätte sie die Anlage, die sie nun betrat, für eine Burganlage halten können, die man den modernen Bedürfnissen nach Sicherheit entsprechend mit der neusten Elektronik ausgestattet hatte. Doch war das Gebäude gerade gut einhundert Jahre alt und von Anfang für seine heutigen Zwecke errichtet worden. Sie durchschritt die Einfahrt, ohne dass etwas passierte. Als sich vor ihr der Hof öffnete, verstärkte sich der

Eindruck, sich in einer Burg zu befinden. Das Haus zur Rechten zog sich in seiner ganzen Massivität mit zwei weiteren Flügeln um die eine Seite des Platzes herum. Das Gebäude zur Linken endete, ohne dass sich ein Querflügel anschloss, sodass auf dieser Seite der Hof nur von einer Mauer abgeschlossen wurde. Sie war nicht ganz so hoch wie die Gebäude an den anderen drei Flanken, sodass nun am frühen Morgen die Sonne schräg hereinfallen konnte. Sie würde in der Mittagszeit ungehindert den Weg auf den Platz finden, um am Abend hinter dem gegenüberliegenden Haus zu verschwinden. Wenn man über diese Mauer hinwegschauen könnte, aber dazu war sie zu hoch und man hatte auch keine Öffnungen gelassen, müsste man einen wunderbaren Blick in das Tal mit dem Fluss und den Weitblick über die sich anschließenden Höhen mit ihren Feldern und Dörfern haben. Vielleicht war es diese Lage auf dem Berg und der mühselige Anstieg vom Parkplatz die letzten hundert Meter eine gepflasterte Straße hinauf, die sie heute auf den Gedanken hatte kommen lassen, sich in einer Bergfestung zu bewegen und nicht im Hof des Landeskirchenamtes.

Heute war ihr erster Tag. Aber sie musste sich nicht lange auf dem Hof orientieren. Sie war schon einige Male hier gewesen in den letzten dreizehn Jahren, seit sie ihr Examen in diesen heiligen Hallen abgelegt hatte. Gegenüber der Einfahrt befand sich am rückwärtigen Gebäude eine große Freitreppe, die zu einem geschwungenen Portal hinaufführte, das durch eine schwere zweiflügelige Eichentür verschlossen war. Auch über diese Entfernung konnte sie Klingel und Gegensprechanlage erkennen. Sie wusste, wo sie hingehen musste, nutzte aber den Weg über den Hof dazu, sich ein wenig umzuschauen. Die Fassaden der drei Gebäudeteile waren in einer faszinierenden Gleichförmigkeit gestaltet und erinnerten sie an die Schlösser, die sie in ihrem letzten Urlaub besichtigt hatte. Nur das mittlere Stockwerk des Gebäudes, das den Hof zur Rechten abschloss, fiel durch eine Reihe besonders hoher Fenster auf, hinter denen sich ein Saal verbarg. Zu beiden Seiten der Freitreppe standen je einen großen Blumenkübel, doch der Oleander mochte in dem dürftigen Sonnenschein nicht recht gedeihen. Der Hof war mit denselben unbequemen Granitsteinen gepflastert, die sie schon vom Parkplatz zum Tor hinauf hatte treten müssen. Eine ausgefahrene Spur führte zu einem großen Garagentor im Kellergeschoss jenes Gebäudeteiles, den sie gerade zur Linken hinter sich gelassen hatte. Diese leichten Vertiefungen im Pflaster waren das einzige Zeugnis von Leben, das dort zu entdecken war. Es roch muffig, der Regen der letzten Woche war in die Sandsteine eingezogen, und das bisschen Sonne, das man einmal pro Tag in diesen Hof ließ, hatte nicht ausgereicht, um für Trockenheit zu sorgen.

Sie ging die Freitreppe empor, wandte sich um, warf einen Blick zurück auf die sich finster vor dem Himmel abzeichnenden Gebäude und wagte es dann, auf den Klingelknopf zu drücken.

„Ja, bitte?" schnarrte es aus dem Lautsprecher.

„Judith Engel. Ich möchte zu Bischof Dr. Martin."

Der Türöffner summte. Dr. Judith Engel wollte gerade die schwere Tür aufdrücken, als sie hinter sich mit gedämpftem Poltern einen Wagen in den Hof rollen hörte. Sie drehte sich um und sah einen Leichenwagen, der vor dem Seiteneingang des Haupttraktes hielt. Als die Tür mit einem dumpfen Geräusch zu fiel, wurde die Heckklappe des Wagens geöffnet, und die beiden Männer in dunklen Anzügen zogen einen Sarg von der Ladefläche.

2

Hatte Oberkirchenrat Johannes Steufel ein leises Lächeln auf den Lippen gehabt, als er die Sitzung verließ? Marliese König arbeitete schon zwanzig Jahre in diesem Büro, hatte dem alten Bischof genauso treu gedient, wie dem neuen, der nun auch nicht mehr jung war, ein Mann Ende fünfzig, der aber doch noch einige Zeit vor sich haben würde. Er galt als liberal und war es auch. Sie hatte sich daran gewöhnt, auch wenn es ihr manchmal schwerfiel, zu akzeptieren, dass nicht alles beim Alten blieb, dass die Kirche sich änderte, dass die überkommene Ordnung infrage gestellt wurde. Aber sie diente diesem Chef genauso ergeben, wie ihrem alten, denn er war der Bischof und sie war die Sekretärin des Bischofs, nein, eigentlich war sie die Bischofssekretärin, denn sie gab es auf dieser Stelle bereits, als Dr. Martin noch Probst gewesen und sich immer über sie zu einem Gespräch mit dem damaligen Bischof anmelden musste. Sie hatten alle schon auf dem schmalen Stuhl gegenüber von ihrem Schreibtisch gesessen, den Arme-Sünder-Stuhl, wie sie ihn gerne für sich nannte, und hatten darauf gewartet, dass sie sie zu ihm hineinließ. Nur dieser Dr. Stein setzte sich nie auf diesen Stuhl, stand lieber gestanden oder ging hin und machte spöttische Bemerkungen über ihren Zimmerschmuck oder den Zustand ihrer Zwischenablage.

Dabei war es Marliese König so wichtig, dass alles seine Ordnung hatte. Das begann für sie mit ihrer Kleidung, immer ein Kostüm, meistens in dezentem Grau, die Bluse in Weiß, nur selten ein kleiner farblicher Akzent, die Dauerwelle wöchentlich erneuert und der Haaransatz vierzehntägig blond nachgefärbt. Es setzte sich fort mit einer ausgesprochen gründlichen täglichen Reinigung des Büros des Bischofs und ihres Vorzimmers, an die sie die Putzkraft stets erinnerte, manifestierte sich in sorgfältig geschriebenen Briefen, wie sie der Schreibkraft zu sagen nicht müde wurde, zeigt sich in der korrekten Anrede von Dr. Martin mit „Herr Bischof Dr. Martin", auf die sie jedem Anrufer und Besucher hinwies, und kulminierte darin, dass man mindestens zwei Minuten auf dem Sitzmöbel gegenüber von ihrem Schreibtisch zu sitzen hatte, bevor man das Allerheiligste betreten durfte. Bei einem Besuch des Ministerpräsidenten wollte sie diesen gerade auf den Sitzplatz hinweisen, als Dr. Martin aus seinem Zimmer kam und eine mittelgroße Verstimmung im Verhältnis von Kirche und Staat gerade noch abweisen konnte.

Die wievielte Sitzung des Kollegiums es heute war, die sie miterlebt und mitbegleitet hatte, wusste sie nicht. Sie hatte nie gezählt. Wenn sie gezählt hätte, dann wäre sie irgendwo jenseits der Tausend angekommen. Über tausendmal Tagesordnungen schreiben und sie den Sekretärinnen der Oberkirchenräte und den Referenten zusenden, über tausendmal Kaffee und Tee vorbereiten, Obst und Gebäck auf dem Sitzungstisch richten, den leisen und manchmal auch sehr lauten Tönen aus dem Sitzungsraum lauschen, neuen Kaffee hineinbringen und schließlich aufräumen. Manchmal wurde sie hineingerufen, wenn es etwas zu erledigen gab. Dann bekam sie mit, wie die Stimmung war. Worum es ging, worüber sich die fünf Herren und die eine Dame unterhielten, das wusste sie meistens, schließlich schrieb sie die Tagesordnungen, bereitete die einzelnen Tagesordnungspunkte vor und fertigte einen Großteil der Briefe an, mit denen die Beschlüsse vollzogen wurden. Sie wusste, was in diesem Landeskirchenamt ablief. Sie war eine der bestinformierten Frauen der ganzen Landeskirche, aber sie konnte schweigen. Sie schwieg auch darüber, was sie spürte, wenn sie in die Sitzung hineingerufen wurde, oder was sie aus den Gesichtern lesen konnte, wenn die Mitglieder des Kollegiums den Raum verließen. Sie bemerkte die eisige Atmosphäre, wenn die Meinungen wieder einmal heftig aufeinandergeprallt waren, wenn die internen Machtkämpfe sich an Personalentscheidungen festmachten, wenn man darum rang, wer was vor der Öffentlichkeit oder vor der Landessynode vertreten durfte. Davon drang kaum je etwas nach außen. Nach außen, da stützte man sich gegenseitig, trug einhellig die Entscheidungen des anderen mit, verstand sich als Repräsentanten der Kirche, deren gesellschaftlichen Einfluss es zu erhalten galt. Gelegentlich beobachtete sie auch das Kommen und Gehen der Verbindungsmänner in die Synode, der Strippenzieher der synodalen Gruppen, die jeweils ein Mitglied des Kollegiums unterstützten und für die anderen die Fallstricke spannten. Sie konnten damit rechnen, irgendwann auf einen Posten gehievt zu werden, der sie aus der Masse der Pfarrerinnen und Pfarrer heraushob, mit nur wenig mehr Gehalt, aber dafür deutlich mehr Publicity und dem Gefühl von Bedeutung.

Oberkirchenrat Johannes Steufel hatte gelächelt, als er aus dem Sitzungszimmer gekommen war. Gerade er, der zwar der Stellvertreter des Bischofs war, aber zugleich sein größter Gegenspieler. Die Stimmung musste gut gewesen sein. Zum Glück, das würde das Arbeiten in diesen hohen stuckverzierten Räumen in den nächsten Tagen leichter machen. Nach und nach kamen die anderen. Auch die schienen keineswegs erregt, wenn auch nicht so entspannt wie Oberkirchenrat Steufel.

Oberkirchenrat Fritz Meyer machte wieder eine seiner üblichen Bemerkungen zu ihr, die witzig sein sollten, aber vor allem anzüglich waren. Marliese König hatte es aufgegeben, sich dagegen zu wehren. Es half sowieso nichts. Einmal hatte sie sich sogar bei dem Gedanken erwischt, dass OKR Fritz Meyer sie immerhin noch als Frau wahrnehme, was man von den meisten anderen Männern nicht mehr sagen konnte.

OKR Rufus Liber fragte sie mit dieser sterilen Freundlichkeit, mit der er allen Menschen begegnete, vor allem denen, die ihm gleichgültig waren, denn wirklich interessiert war er nur an Büchern, mit denen er den größten Teil seiner Zeit verbrachte, wie es ihr ginge. Aber er war wenigstens freundlich, fast immer freundlich, und das war keine Selbstverständlichkeit bei diesen hohen Herren.

OKR Dr. Stein passierte ihren Schreibtisch mit einem „So, jetzt ist es vorbei mit dem Ausruhen, Frau Königin. Der Tisch muss abgeräumt werden." Ein Satz, den er häufig sagte, wenn ihm kein anderer Sarkasmus einfiel. Hinter ihm trottete seine folgsame Rechtsdirektorin, in unscheinbarem Grau von den Haaren bis zu den Kniestrümpfen unter dem knöchellangen Wollrock.

Der Bischof saß ein wenig erschöpft am großen runden Sitzungstisch. Marliese König riss die Fenster auf, um etwas von der würzigen Herbstluft unter den Sitzungsmief zu mischen. Der Blick hinunter auf die Stadt war einfach überwältigend, besonders in diesen Wochen, in denen sich die Laubbäume bunt gefärbt hatten und die Zugvögel sich in großen Schwärmen sammelten, laut kreischend ihre Kreise über den Häusern und Straßen zogen, um dann scheinbar plötzlich in den Süden aufzubrechen. Marliese König fühlte sich diesen Tieren verbunden. Wenn sie Urlaub hatte und all das hier einmal hinter sich lassen konnte, dann zog es sie in den Süden, in ein kleines Hotel in Soller auf Mallorca. Dort konnte sie all die Verlogenheit und die Intrigen, die in diesem Mauern herrschten, vergessen.

Oft fragte sie sich, wie ihr Chef das alles aushielt. Normalerweise kam so ein Mann wie er nicht auf den Bischofsstuhl. Er hatte nicht zu denen gehört, die über Jahre hinweg im Hintergrund an ihrer Karriere arbeiteten. Er war ein Kompromisskandidat, weil die Fraktionsdisziplin in den kirchenpolitischen Gruppen nicht funktionierte. Die beiden großen Gruppierungen konnten sich nicht auf einen gemeinsamen Kandidaten einigen. Also stellten beide einen auf und versuchten, Stimmen aus der dritten, kleinsten Gruppierung zu gewinnen und die wenigen wirklich unabhängigen Synodalen auf ihre Seite zu bekommen. Beide Gruppen waren sich ihrer Sache sicher gewesen, aber sie hatten nicht mit den Dissidenten in den eigenen Reihen gerechnet. So hatte man sich nach misslungener Wahl auf einen dritten Kandidaten geeinigt, von dem alle annahmen, er sei so schwach, dass man ihn im Landessynodalausschuss gängeln könnte. Die beiden ursprünglichen Bewerber wurden gut versorgt. Der eine,

Johannes Steufel, war nun Oberkirchenrat, den anderen machte man zum Chef im Diakonischen Werk. Beide versuchten immer wieder, dem Bischof das Leben schwer zu machen.

Sie wollte sich gerade umwenden, als sie das Klirren einer Tasse gefolgt von einem dumpfen Aufschlag hörte. Erschrocken drehte sie sich um. Der Bischof lag am Boden neben dem Sitzungstisch, der Mund geöffnet, die Augen aufgerissen.

Marliese König stieß einen Schrei aus. OKR Dr. Stein, der sich im Vorzimmer ein wenig die Korrespondenz des Bischofs angeschaut hatte, kam herein und fragte noch in Tür: „Was ist denn Königin? Will Ihnen der Bischof an die Wäsche?" Dann sah er den Bischof neben dem Tisch, beugte sich zu ihm hinunter und sagte nach wenigen Augenblicken: „Er ist tot. Rufen Sie einen Arzt und seine Frau. Ich kümmere mich um den Rest."

„Der Ministerpräsident erwartet eine genaue Untersuchung des Todes." Staatssekretär Baldauf hatte sich mit Rechtsdirektorin Gundula Wiesnhüter in Verbindung gesetzt und die Reaktion der Landesregierung mitgeteilt. Das offizielle Beileidstelegramm an die Frau des Bischofs sowie die Pressemeldung wurden bereits vorbereitet. Der plötzliche Tod des Bischofs hatte die gesteigerte Aufmerksamkeit der Landesregierung erregt. Denn für sie war es nicht unwichtig, wer die Evangelische Kirche im Land führte. So war es im Staatsvertrag unter anderem geregelt, dass sich die Kirchenleitung mit der Landesregierung bezüglich der Bischofskandidaten ins Benehmen zu setzen habe. Dieser Bischof war zwar nicht von Anfang an der

Wunschkandidat der Landesregierung gewesen, man hatte jedoch keinen prinzipiellen Einwand gehabt. Er erwies sich dann allerdings als ein verlässlicher Partner und liberaler und aufgeschlossener Kirchenführer, dem es wichtig war, dass sich die Kirche nicht hinter ihre Mauern zurückzog, sondern sich als Kirche in der Welt und für die Welt darstellte. Er vertrat die Interessen der Frauen, trieb die Diskussion über die Stellung der Kirche zur Homosexualität mutig voran und erhöhte die Akzeptanz seiner Kirche im Land und bei den politisch Verantwortlichen deutlich. Er machte sich aber auch viele Feinde, gerade im Zusammenhang der Auseinandersetzung um die Fragen der Homosexualität und seine Befürwortung eines kirchlichen Traugottesdienstes für eingetragene gleichgeschlechtliche Lebensgemeinschaften. Das ging über öffentliche Angriffe und Diffamierungen bis zur Androhung von Gewalt. Die innerkirchliche Opposition war stark und gut organisiert, OKR Steufel profilierte sich als Kritiker der Linie des Bischofs, favorisierte einen Kompromiss und erwies sich nach einem Votum der Synode im Sinne des Bischofs als ein schlechter Verlierer, der in der Folgezeit hinter den Kulissen gegen eine Wiederwahl des Bischofs arbeitete

Er hatte nun die Geschäfte zu übernehmen und war mit dem Tod des Bischofs zum Ansprechpartner für die Landesregierung geworden. Vielleicht würde er auch dessen Nachfolge antreten. Man horchte auf in der Staatskanzlei. Steufel war drei Jahre jünger als Dr. Martin, würde also nach dessen regulärer Ruhestandsversetzung kaum eine Chance haben, sein Nachfolger zu werden, und wenn doch, dann nur für einen zu kurzen Zeitraum, um in die Annalen seiner Kirche eingehen zu können. Deshalb hatte er seine einzige Chance darin gesehen, die in einem Jahr anstehende Wiederwahl des Bischofs zu vereiteln. Aber dessen Position war in den letzten Monaten eher noch stärker geworden.

Steufel wurde von staatlicher Seite als ein problematischer Kirchenführer angesehen. Ihm wurden Verbindungen zum Protestantischen Bund nachgesagt, einem europaweiten Zusammenschluss konservativer protestantischer Kirchenleute, die eine Reorganisation der Kirchen im Sinne einer stärkeren Hierarchisierung, die Abschaffung der Frauenordination und Rückkehr zum völligen Verbot der Abtreibung und die Einführung der Todesstrafe anstreben. Dies alles konnte nicht im Interesse der Landesregierung sein.

3

Es war am frühen Nachmittag, als die fünf anderen sich wieder versammelten. Die Termine für den Tag waren abgesagt. Krisenmanagement war angesagt. OKR Steufel nahm das Ruder für das Kirchenschiff in die Hand.

Er ging in die Toilette neben seinem Büro, wusch sich die Hände, schob die Krawatte zurecht, kontrollierte die Frisur und zog den Scheitel nach. Er musste dafür gerüstet sein, dass selbst das Fernsehen heute etwas von ihm wollte. Noch war Polen also nicht verloren. Der Bischof ist tot, es lebe der Bischof. Er war sich seiner Sache sicher, fast sicher. Er würde der nächste Bischof dieser Kirche sein. Manchmal hatte er die Hoffnung schon aufgegeben. Aber es hatte sich wieder einmal gezeigt, Gott ist mit dem Gerechten. Bete und arbeite, das war immer sein Motto gewesen. Gebetet hatte er darum, dass er doch noch einmal der Bischof werden könnte, getan hatte er auch etwas dafür – nun war es so weit. Er würde die Früchte seiner Bemühungen ernten können.

Man hatte sich im kleinen Prüfungssaal versammelt, in dem zweimal im Jahr die Kandidatinnen und Kandidaten der Theologie schwitzen mussten, um das erste theologische Examen zu bestehen, um aufgenommen zu werden in den Kreis der Vikarinnen und Vikare, um die Laufbahn eines Geistlichen einschlagen zu können, um als Beamte auf Lebenszeit zu einem Teil des Systems zu werden. Freilich kamen sie mit ganz anderen Zielen, die meisten mit hohen Idealen. Am besten überlebten die, die wollten, dass alles so bliebe, wie es ist, die keine unnötige Energie in Veränderungsprozessen verschwendeten. Die wenigen Neurotiker, die immer wieder über beide Examen hinweg in den kirchlichen Dienst hereinschwappten und entweder in einer Art Regression Geborgenheit im Schoße von Mutter Kirche suchten oder die Eigenständigkeit des Pfarramtes als eine Möglichkeit erkannt hatten, eine solipsistische Selbstbezogenheit ausleben zu können, konnte man in der Regel nach einigen Jahren, wenn auch mit hohen Kosten, auszusortieren. Mit den Idealisten aber hatte man ein Berufsleben lang Probleme. Sie machten ihre Arbeit gut, sie waren in den Gemeinden beliebt, sie strebten auch immer wieder in leitende Ämter, aber bedauerlicherweise wollten sie etwas verändern, maßen die Kirche an der Botschaft Jesu Christi und waren mit ihrem momentanen Zustand nicht zufrieden.

OKR Steufel legte Wert darauf, dass alles beim Alten blieb, dass man wieder zu dem zurückkam, was bis vor wenigen Jahren unbestritten gewesen war. Er ließ sich Zeit. Erst als er sicher sein konnte, dass die anderen schon zehn Minuten im Sitzungssaal waren, verließ er sein Büro und begab sich in den kleinen Prüfungsraum. Er ließ sich am Kopfende des Tischs nieder, ordnete seine Papiere, schlug das Gesangbuch auf und sagte: „Liebe Brüder", die anwesende Schwester Gundula Wiesnhüter, schien er nicht wahrzunehmen, „lassen Sie uns gemeinsam den ersten Psalm sprechen. Bischof Dr. Martin hat seinen Lebensweg vollendet. Wir wollen für ihn beten:

„Wohl dem, der nicht wandelt im Rat der Gottlosen

noch tritt auf den Weg der Sünder
noch sitzt, wo die Spötter sitzen,

sondern hat Lust am Gesetz des Herrn
und sinnt über seinem Gesetz Tag und Nacht!
Der ist wie ein Baum, gepflanzt an den
Wasserbächen,
der seine Frucht bringt zu seiner Zeit,
und seine Blätter verwelken nicht
und was er macht, das gerät wohl.
Amen"

„Wie oft hat Dr. Martin im Rat der Gottlosen gesessen", dachte OKR Steufel während sie gemeinsam
in getragenem Ton den Psalm lasen. „Wie oft hat er
sich mit der Vereinigung Homosexuelle und Kirche
getroffen, wie oft hat er beim Theologinnenkonvent
gesessen. Der Gerechte wird sein wie ein Baum, gepflanzt an den Wasserbächen. Jetzt ist die Zeit ange-
brochen, in der ich Frucht bringen werde."

Dr. Stein hatte während des ganzen Psalms starr
auf die Porträts der verblichenen Bischöfe gestarrt und
an seiner kalten Pfeife gezogen. Er war aus dem Alter
heraus, in dem er heucheln musste, vor allem angesichts dieser Frömmelei des Herrn Kollegen Steufel. Er
sagte kein Wort, zog aber, kaum dass das Amen gesprochen war, seine Streichhölzer aus der Tasche und
setzte seine Pfeife in Brand, die er normalerweise
während der Kollegiumssitzungen kalt und vor sich
auf dem Tisch liegen ließ. Er erntete erstaunte Blicke
seiner Kollegen. Steufel versuchte es mit Missbilli-
gung, schaute aber sofort nach unten, als er auf die
selbstbewussten Augen von Dr. Stein traf.

Rufus Liber erklärte sich das ungewöhnliche Verhalten des Juristen durch dessen Angespanntheit wegen des Todes von Bischof Dr. Martin und ließ ein
verständnisvolles Lächeln über sein Gesicht gleiten.

Nur OKR Meyer grinste unmerklich, denn er konnte sich vorstellen, welche Verachtung in Dr. Stein angesichts der Scheinheiligkeit von Steufel heraufgestiegen sein musste. Meyer gewann wie auch sonst in dieser Situation das ihn tragende Gefühl der Überlegenheit dadurch zurück, dass er für die Ereignisse und die Verhaltensweisen seiner Mitmenschen historische oder soziologische Parallelen suchte, sie im weitmaschigen Netz seiner psychologischen Kenntnisse filterte, sie auf diese Weise bannte und sich eine Bewertung ersparte. Gelegentlich traf er ins Schwarze, so auch in diesem Moment, als er das für ihn unerträgliche Verhalten von OKR Steufel für sich mit den Worten kommentierte: Der König ist tot – es lebe der König! Diesmal war es eben ein Bischof.

„Liebe Kollegen, es lastet nun eine große Verantwortung auf uns. Wir müssen ab sofort das Ruder des Kirchenschiffs übernehmen, bis die Synode sich entschieden hat, wem sie es für die nächsten Jahre übergeben möchte." Steufel hatte eine bestätigende Reaktion erwartet, ein anerkennendes Nicken für seine Tatkraft, ein bedauernder Blick angesichts der ihn nun erwartenden Aufgabenfülle. Aber die Kollegen blieben stumm. Also fuhr er fort: „Ich werde nun die Aufgaben des Bischofs übernehmen, kommissarisch sozusagen. Ich weiß im Moment noch nicht, wie ich dabei gleichzeitig die umfangreichen Arbeiten des Personaldezernates erledigen kann. Gegebenenfalls müssen in diesem Bereich einige Entscheidungen warten."

Rufus Liber konnte dies nicht mit ansehen und bot sich an: „Lieber Herr Vizebischof!"

Der Liber lernt in seiner Devotion schneller als andere, dachte Steufel.

„Ich bin gerne bereit", fuhr Rufus Liber fort, „Ihnen in diesem Bereich zur Seite zu stehen. Die Bücher in der Bibliothek sind in der Regel doch noch etwas geduldiger als unsere Pfarrerinnen und Pfarrer." Dabei lächelte er wiederum verständnisvoll und Zustimmung heischend.

„Ich weiß dieses Angebot zu schätzen, Herr Kollege", antwortete Steufel huldvoll und entschied sich zugleich, nie wieder darauf zurückzukommen. Liber schaute demütig mit einem süßlichen Lächeln unter sich.

Steufel wandte sich nun OKR Meyer zu: „Eine Personalfrage duldet allerdings nicht den geringsten Aufschub, und ich möchte in diesem Fall Sie, Herr Kollege Meyer, bitten, sich dieser Sache anzunehmen. Sie wissen um die Probleme mit unserem Landesdiakoniepfarrer. Hier müssen wir zu einer Lösung kommen, bevor die Angelegenheit weitere Kreise zieht und womöglich noch in den Medien breitgetreten wird. Ich bin der Ansicht, dass wir in diesem Fall konsequent und zügig handeln müssen. Immerhin geht es um eine herausgehobene Stelle, deren Beispielfunktion wir nicht unterschätzen dürfen."

Dr. Stein kam nicht umhin, angesichts dieses Schachzugs so etwas wie Achtung vor Steufel zu empfinden. Es würde ihm gelingen, mehrere Fliegen mit einer Klappe zu schlagen, wenn er Meyer mit der Angelegenheit Landesdiakoniepfarrer Helfer beauftragte. Aus einem solchen Verfahren würden beide angeschlagen hervorgehen – und Steufel wäre zwei mögliche Gegenkandidaten für das Bischofsamt auf einmal los. Dr. Stein blies genüsslich den Rauch seines schweren süßlichen Tabaks durch die Nase aus und hüllte den

Tisch in Wohlgeruch. Diese Idee war so gut, dass Dr. Stein sich nicht vorstellen konnte, dass sie Steufel erst in den wenigen letzten Stunden gekommen war, die seit dem Tod des Bischofs vergangen waren. Bischof Dr. Martin hatte diesen Personalfall zu seiner Angelegenheit gemacht, um möglichst diskret eine Lösung zu finden. Jetzt wäre es Steufels Aufgabe, der eigentlich sowieso für Personalfragen zuständig war. Wenn nun Meyer sich darum kümmern sollte, so gewann die Sache einen Reiz ganz eigener Art.

Bernhard Helfer, der Landesdiakoniepfarrer, war ein von der Natur begnadeter Mensch. Er war Anfang fünfzig, offenbar kerngesund und strahlte eine Virilität aus, die Männer neidisch und Frauen schwach werden ließ. Seine vollen, gewellten Haare waren inzwischen auf eine Weise grau geworden, die seine Anziehungskraft nur noch gesteigert hatte. Er brauchte keine Brille und wenn es zum Lesen einmal nötig war, bekam diese Inkarnation männlicher Attraktivität einen Zug ins Intellektuelle, der einen schönen Geist in diesem schönen Körper wie selbstverständlich erwarten ließ. Seine geistigen Fähigkeiten waren nicht schlechter als die der meisten seiner Kollegen, allerdings auch nicht herausragend. Aber bei dieser Verpackung war man geneigt, selbst einem einfachen Satz eine tiefere Bedeutung zuzugestehen. Diese Gnade der Natur, die ihn mehr zum Filmschauspieler denn zum Pfarrer prädestiniert erscheinen ließ, konnte sich gelegentlich als eine Bürde erweisen und Lebenskrisen heraufbeschwören, wie dies Bernhard Helfer in den letzten Monaten hatte erleben müssen.

Bernhard Helfer hatte sich zusammen mit Dr. Martin und Johannes Steufel um das Amt des Bischofs beworben, war aber nicht zum Zug gekommen. Dies hatte nicht an seinem guten Aussehen gelegen, obwohl ein gutaussehender Bischof für manche Synodale eine schwierige Vorstellung war. Es lag vor allem daran, dass Helfer sich immer wieder durch Vorstöße weit über den aktuellen Entwicklungsstand seiner Kirche hinaus hervortat. Bereits als junger Pfarrer forderte er eine konsequente Zulassung der Kinder zum Abendmahl, als einige sich noch nicht an den Gedanken gewöhnt hatten, dass inzwischen auch Frauen das Abendmahl austeilen durften. Er war mit seinen Vorschlägen seiner Zeit oft um fünfzehn bis zwanzig Jahre voraus, und so erging es ihm wie vielen, die ihrer Zeit voraus waren und in unwirtlichen Behausungen darauf warten mussten, dass die Zeit nachkam. Mit der Unterstützung von Bischof Dr. Martin wurde er dann zum Landesdiakoniepfarrer gemacht, um ihm auf diese Weise eine gewisse Anerkennung zu sichern. Aber auch in dieser Position ließ er das Vorausdenken nicht und regte vor ungefähr zwei Jahren an, die Kirche solle doch Gottesdienste anlässlich von Scheidungen anbieten. Das ging für nicht wenige an den Nerv der Kirche, denn für sie stand und fiel mit der Familie nicht nur die Gesellschaft, sondern auch die Kirche.

Nun hatte es ihn erwischt und zwar in Gestalt einer Sozialpädagogin aus einer Ehe- und Lebensberatungsstelle. Eine Mittdreißigerin, keine ungewöhnliche Frau, denn es sind nicht die ungewöhnlichen Frauen, die Männer untreu werden lassen, sondern das, was sie in ihnen sehen. Beatrice Mehlmers war nicht schlanker als andere, nicht klüger, hatte keine bessere Figur und nicht mehr Humor. Vielleicht war es die

Rätselhaftigkeit, mit der ihre dunklen Augen und ihre weiche volle Stimme sie umgaben. Vielleicht war es einfach die Situation, in der Bernhard Helfer sie kennengelernt hatte, dieser Abend in einem Tagungshaus auf den Höhen des Schwarzwaldes, als man am zweiten Abend der Tagung im Weinkeller zusammensaß, nur wenig aß, aber dafür den badischen Wein etwas mehr genoss, als der Beruf und das Pfarrhaus weit weg erschienen und er wieder neben der Frau zu sitzen kam, mit der er sich schon bei der Wanderung nach dem Mittagessen so gut unterhalten hatte, diese Frau, die wie er etwas zu suchen schien, bei der Jugend und Reife sich trafen, mit den kleinen Falten um die Augen, ohne die großen Falten auf der Stirn, die noch etwas hatte von der Hoffnung der Jugend, aber nicht mehr dieses ungestüm Fordernde, bei der die Verletzungen des Lebens nur unscheinbare Striche auf der Seele hinterlassen hatten, aber noch keine faltigen Narben. Beatrice Mehlmers wollte und er wollte auch, und warum sollte er nicht, jetzt, da er auf dem Höhepunkt seiner Laufbahn war, nicht so hoch, wie er es sich gewünscht hatte, ja er konnte absehen, dass mehr nicht mehr drin war, dass seine Karriere zu Ende war, sicher ein Ende, um das ihn manche beneideten, aber eben ein Ende. Was sollte noch danach kommen, er würde für die nächsten fünfzehn Jahre seines Lebens diesen Meyer als Vorgesetzten haben, einen Mann ohne theologisches Profil, aber mit umso mehr Geltungsdrang. Das Leben würde ihm keine Steigerung mehr bieten können, warum sollte er dann nicht dieser weichen Stimme und den dunklen Augen nachspüren. Seine Frau würde nichts davon erfahren, und die anderen ging das nichts an, denn schließlich war er der Chef von diesem Laden. Und so wurde nach diesem Abend im Weinkeller nur eines der beiden Einzelzimmer von Bernhard Helfer und Beatrice Mehlmers benutzt.

Beatrice Mehlmers war geschieden, und er hatte es richtig gespürt, dass sie etwas suchte. Nachdem sie es gefunden hatte, wollte sie es nicht wieder verlieren, nicht diesen Mann, der aussah wie American Gigolo und einen Job hatte, von dem ihresgleichen nur träumen konnte. Sie hatte das gleiche Recht auf Glück wie seine Frau, und das ließ sie sie wissen. Sie nahm den Kampf auf und sie gewann. Nicht weil sie besser oder schöner oder einfach jünger gewesen wäre. Sondern weil sie weniger zu verlieren und deshalb die besseren Nerven hatte, weil sie weniger verletzt war und deshalb beherrschter sein konnte.

Bernhard Helfer stand vor seiner Scheidung und das Kollegium des Landeskirchenamtes hatte zu überlegen, ob man dem Synodalausschuss vorschlagen sollte, ihn auf seiner Stelle zu belassen oder ihn auf eine andere zu versetzen. Diese Entscheidung war eine schwierige, wobei es weniger um Bernhard Helfer, sein persönliches Glück oder seine berufliche Laufbahn ging. Diese Kriterien waren sekundär. Entscheidend war die Wirkung einer solchen Maßnahme. Der Landesdiakoniepfarrer war auch bei den Gesprächspartnern in Politik und Verwaltung bekannt. Wie würde eine Amtsenthebung auf diese nicht ganz unwichtigen Kooperationspartner wirken? Würde die Kirche als eine Institution erscheinen, die im neunzehnten Jahrhundert verfangen war? Und wenn man ihn im Amt beließe? Würde das die Frommen im Lande, für die die Scheidung eines Pfarrers ein Gräuel war, auf die

Barrikaden treiben? Eine kitzlige Sache, für die man viel Fingerspitzengefühl brauchte, bei der es eigentlich egal war, wie man sich entschied, das Wichtige war, wie man die Entscheidung vermittelte. Deshalb hatte Bischof Dr. Martin diese Aufgabe selbst übernehmen wollen.

OKR Steufel nun wollte diese Aufgabe OKR Fritz Meyer überlassen, dem direkten Vorgesetzten von Bernhard Helfer. Eine plausible formale Begründung – und zugleich ein kluger Schachzug. Egal wie Fritz Meyer entscheiden würde, man würde ihm die Entscheidung nicht abnehmen. Fritz Meyer war selbst vor einigen Jahren geschieden worden und hatte kurz darauf wieder geheiratet. Würde er sich für den Verbleib von Helfer auf seiner Stelle entscheiden, würde ihm dies als eine Rücksichtnahme ausgelegt, die sich aus seiner eigenen, für diese Kritiker dann zweifelhaften Biografie erklären ließe. Würde er sich für eine Amtsenthebung entscheiden, so würde ihm seine eigene Scheidung vorgehalten, die letztlich nicht die Synode daran gehindert hatte, ihn zum Oberkirchenrat zu wählen. Vor allem aber würde eines geschehen: Es würde viel schmutzige Wäsche gewaschen. Johannes Steufel könnte sich bequem zurücklehnen und auf den Untergang zwei seiner Konkurrenten um das Bischofsamt warten.

Fritz Meyer schien es die Sprache verschlagen zu haben, und Dr. Stein dachte immer noch darüber nach, ob es möglich sei, dass Steufel sich dies in so kurzer Zeit ausgedacht hatte. Schließlich hatte keiner von ihnen am Vormittag etwas vom Tod des Bischofs geahnt. Oder doch? Aber für Dr. Stein zählten nur die Fakten.

Rufus Liber hatte das verdutze Gesicht seines Kollegen Meyer bemerkt und sah sich veranlasst, noch einmal seine Dienste anzubieten: „Ich denke, diesen Fall kann ich auch übernehmen, nicht wahr, Herr Kollege Meyer?"

Aber noch bevor Meyer auch nur die Andeutung eines Nickens vornehmen konnte, schoss Steufel dazwischen: „Damit es in den nächsten Wochen keine Missverständnisse gibt, möchte ich auf eines hinweisen: Für die Geschäftsverteilung bin ich zuständig! Kollege Meyer ist unser Dezernent für den Bereich der Diakonie und diese Aufgabe ist bei ihm in besten Händen."

Rufus Liber senkte seinen Blick und griff zu der kleinen Bibel, ohne die er in keiner Sitzung erschien. Er blätterte in ihr, legte sie dann aber wieder geschlossen vor sich auf den Tisch.

„Aber wenn es sie beruhigt, liebe Kollegen", fuhr Steufel fort, „dies war der einzige Fall aus dem Personaldezernat, den es heute zu delegieren gab. Wir müssen uns nun zunächst kurzfristig zwei Aufgaben widmen: Da ist einmal die Öffentlichkeitsarbeit zum Tod von Dr. Martin und dann als zweites sein Begräbnis."

„Und die Aufklärung seines Todes!" Dr. Stein hatte sich nicht zu Wort gemeldet, das tat er nie, er war kein Schulkind mehr. Steufel sah ihn fragend an.

„Nun, Herr Kollege Steufel, Sie haben zwar schnell eine Strategie für die nächsten Tage gefunden, beachtlich für jemanden, der wie wir heute Morgen vom Tod des Bischofs nichts gewusst haben kann. Aber ich erinnere nicht nur an den Anruf aus der Staatskanzlei, sondern auch an unsere Pflicht als Kirchenleitung, jeglichen Anschein einer Unregelmäßigkeit zu vermeiden und ihm konsequent nachzugehen."

„Ich sehe keine Unregelmäßigkeiten", wandte Steufel ein. „Dr. Martin war ein fleißiger Mann, der seiner Kirche aufopfernd gedient hat. Bei diesem anspruchsvollen Amt und in seinem Alter ist ein Herzinfarkt nichts Außergewöhnliches. Ich sehe da keinen Grund für irgendwelche Nachforschungen." Er vermied es, Dr. Stein anzusehen.

„Dann können wir einer ärztlichen Untersuchung gelassen entgegensehen." Dr. Stein zog erfolglos an seiner Pfeife.

„Aber ich bitte Sie, denken Sie etwa an eine Obduktion? Das können wir Frau Martin nicht zumuten. Es gibt keinen Hinweis auf ein Verbrechen." OKR Steufel fiel es schwer, die Ruhe zu bewahren.

„Ich werde mit der Staatsanwaltschaft sprechen. Wenn dort kein Handlungsbedarf gesehen wird, brauchen wir weder mit Einlassungen von Seiten der Landesregierung noch von Seiten der Öffentlichkeit rechnen. Ich werde das Nötige veranlassen. Sine ira et studio." Dr. Stein ließ sich nicht aus der Ruhe bringen. Er zündete seine Pfeife wieder an und verließ den Raum.

Johannes Steufel sah ihm erstaunt und verärgert nach. „Liebe Kollegen, dann werden wir uns eben zu dritt der Frage des letzten Dienstes an unserem verstorbenen Bischof widmen." Wieder schien er Rechtsdirektorin Gundula Wiesnhüter nicht wahrzunehmen und deshalb auch nicht mit zu zählen. Er strich sich die Haare glatt und bemühte sich, Haltung einzunehmen.

4

Judith Engel saß auf dem Arme-Sünder-Stuhl gegenüber dem Schreibtisch von Marliese König, der Bischofssekretärin und wartete. Frau König wusste ihre Sympathien gezielt zu verteilen. In gewisser Weise war sie so etwas wie ein Thermometer landeskirchlicher Karrierefähigkeit. Wurde man kühl und distanziert behandelt, dann konnte man sicher sein, zu den Unbedeutenden im Lande und in der Landeskirche zu gehören. Wich die Kühle einer neutralen bis gemäßigten Atmosphäre, konnte man davon ausgehen, dass der eigene Name gelegentlich bereits auf dem Heiligen Berg gefallen war. Ließ sich Marliese König gar zu warmer Freundlichkeit hinreißen, so konnte man annehmen, dass man, falls man die höheren Weihen kirchlicher Karriere nicht schon empfangen hatte, für diese in der Diskussion war. Über allem aber stand der Bischof, dessen Sekretärin sie war.

Judith Engel wartete schon länger als eine Stunde und war von Frau König nicht warmherzig begrüßt worden, obwohl sie als die neue persönliche Referentin des Bischofs doch sicher zur höchsten Kategorie der Vorzimmerkandidaten gehören musste.

Frau König hatte ihr keine zweite Tasse Kaffee angeboten, denn sie war sehr beschäftigt. Wenn das Telefon klingelte, und das geschah fast ständig, war ihre Antwort immer die gleiche: "Ja, der Herr Bischof ist von uns gegangen. Näheres kann ich Ihnen im Moment nicht sagen, aber Oberkirchenrat Steufel wird gegen achtzehn Uhr eine Pressemitteilung veröffentlichen." Judith Engel erwischte sich mehr als einmal, wie sie den süßlich singenden Tonfall von Marliese

König, ihre schräge Kopfhaltung und den ernst zur Decke gerichteten Blick imitieren wollte. Dabei schien die Bischofssekretärin zwischen Verstörtheit und Trauer auf der einen Seite und einem wohltuenden Gefühl der Wichtigkeit auf der anderen Seite zu schwanken. Mal beobachtete Judith Engel sie dabei, wie sie durch die Tür in den leeren Sitzungsraum schaute, aus dem man vor zwei Stunden den Leichnam von Dr. Martin entfernt hatte und sich eine Träne aus dem Gesicht wischte, dann wieder rückte sie sich stolz auf ihrem lederbezogenen Schreibtischsessel zurecht, wenn ein Anruf aus einem Ministerium, einem großen Industrieunternehmen oder einer Stadtverwaltung kam. Nie wird der Unterschied zwischen wichtigen und unwichtigen Menschen deutlicher als im Tod.

Der große schlanke Mann mit der Pfeife im Mund nahm Judith Engel gar nicht wahr, als er in das Sekretariat hereinkam und gleich in den Sitzungsraum weiterging. Marliese König stand empört auf und wollte etwas sagen, aber Dr. Stein brachte sie mit einer Handbewegung zum Schweigen. Nach einem Augenblick kam er wieder heraus und fragte Marliese König, die sich gerade setzen wollte: „Wo ist das Geschirr?"

„Welches Geschirr?"

„Das Geschirr von unserer Sitzung heute Morgen."

„Warum interessiert sie das Geschirr, Herr Dr. Stein?"

„Das geht sie gar nichts an. Beantworten Sie meine Frage!"

OKR Dr. Stein schien Judith Engel immer noch nicht wahrgenommen zu haben. Er hatte sich vor dem

Schreibtisch aufgebaut, hinter dem die Sekretärin zusammengesunken war.

„Es ist in der Küche", sagte sie und versuchte den letzten Rest von Selbstbewusstsein in diese fünf Wörter zu legen.

„Dann zeigen Sie es mir!"

„Es ist im Schrank, wo es hingehört."

„Wieso im Schrank?"

„Ich habe es gespült und in den Schrank gestellt. Herr Oberkirchenrat Steufel hat mich heute Mittag angewiesen, den Raum aufzuräumen."

„Manchmal würde ich mir wünschen, dass Sie immer so schnell mit der Arbeit sind. Heute wäre es nicht notwendig gewesen. Suchen Sie mir die Tassen heraus und bringen Sie sie in mein Zimmer! So gut werden Sie schon nicht gespült haben, dass man nicht doch noch etwas entdeckt." Dann drehte er sich plötzlich zu dem Arme-Sünder-Stuhl um. „Und Ihren Antrittsbesuch erwarte ich morgen Vormittag, Frau Engel. Sagen wir um zehn Uhr in meinem Zimmer." Genauso schnell, wie er hereingekommen war, verließ er das Bischofssekretariat wieder.

Nun, da sie beide heruntergeputzt worden waren, schien Marliese König so etwas wie Solidarität mit Judith Engel zu empfinden und sandte ihr ein zaghaftes Lächeln zu, das aber sofort einer Miene von Wichtigkeit Platz machte, als das Telefon läutete und sich wieder jemand danach erkundigte, ob die Nachricht vom Tode des Bischofs den Tatsachen entspräche.

Dr. Judith Engel wartete weiter. Sie wusste, dass OKR Steufel im Moment keine Zeit hatte und angesichts des plötzlichen Todes von Dr. Martin konnte sie dies noch nicht einmal als Unhöflichkeit auffassen.

Heute sollte ihr erster Arbeitstag als persönliche Referentin des Bischofs sein, nun war sie persönliche Referentin eines Toten. Es würde wohl in wenigen Wochen einen Nachfolger für Dr. Martin geben, oder eine Nachfolgerin. Ihr Vorgänger, den man mit zweiundsechzig Jahren in den wohlverdienten Ruhestand entlassen hatte, hatte nacheinander insgesamt drei Bischöfen gedient, still seine Arbeit verrichtet, Sitzungen und Gespräche vorbereitet, die Pressearbeit übernommen und geduldig geholfen, die empfindliche Machtbalance im Landeskirchenamt aufrecht zu erhalten. Als man sich für Judith Engel entschied, wollte man bewusst einen anderen Typ: Intelligent und kreativ, eine Querdenkerin, die Anregungen in die Kirchenleitung und die die Frauenperspektive mit einbringen sollte. Dies waren auf jeden Fall die Wünsche von Dr. Martin gewesen. Man würde in der nächsten Zeit über ihre Hilfe froh sein, so dachte sie, auch wenn sie noch nicht eingearbeitet war.

„Nicht, dass Sie mich missverstehen. Es ist nicht so, dass wir Sie nicht gebrauchen könnten. Ganz im Gegenteil. Die nächsten Wochen werden hart für mich werden. Aber ich will offen zu Ihnen sein: Wir werden uns nicht gut verstehen. Dr. Martin hat Sie gegen meinen ausdrücklichen Ratschlag dem Landessynodalausschuss empfohlen. Sie waren seine Kandidatin, aber nicht meine."

OKR Steufel war nach dem Ende der Kollegiumssitzung ins Bischofssekretariat gegangen, an Frau König vorbei ins Besprechungszimmer und weiter ins Arbeitszimmer des Bischofs. Judith Engel hatte er mit einem kurzen Gruß bedacht, Marliese König mit einem Nicken. Judith Engel sah, wie Frau König angesichts dieses Auftritts und der Tatsache, dass Steufel das Allerheiligste in aller Selbstverständlichkeit zügigen Schrittes betreten hatte, zunächst ganz bleich wurde und dann an zu zittern fing. Als Steufel die schwere Lindenholztür aufgestoßen hatte, war sie unwillkürlich aufgestanden und sackte nun langsam wieder in ihren Schreibtischsessel zurück. Als das Telefon neben ihr auf der Schreibtischplatte klingelte, schien sie einen Moment zu brauchen, bis sie das Geräusch überhaupt wahrnahm. Sie schaute Judith Engel mit aufgerissenen Augen an und fragte: „Haben Sie das gesehen?" Dann nahm sie den Hörer ab, starrte Judith Engel noch einmal an und sagte: „Sie sollen hereinkommen."

Oberkirchenrat Johannes Steufel schien sich in dem braunen Ledersessel mit der hohen Lehne wohlzufühlen. Das Arbeitszimmer des Bischofs war das größte Büro des Landeskirchenamtes. Wie die anderen Räume war es einiges über drei Meter hoch und mit dezenten Stuckverzierungen an der Decke versehen. Das Fenster waren jedoch weit breiter und höher als alle anderen Fenster dieses Stockwerkes, sodass man schon von außen erkennen konnte, welches das Bischofszimmer war. Außerdem befand sich vor dem Fenster ein kleiner Balkon, auf den aber abgesehen von der Putzfrau lange nicht mehr jemand herausgetreten war, um auf den die kleine Stadt zu schauen oder sich sehen zu lassen. Zu beiden Seiten des Fensters fielen schwere dunkelgrüne Vorhänge, zwischen denen sich jetzt am Spätnachmittag die Sonne einen Weg in das Arbeitszimmer suchte. Zwei Wände waren von deckenhohen Regalen aus dunkel gebeiztem Lindenholz verdeckt, angefüllt mit Büchern der letzten hundert Jahre, die schon durch ihre Rücken eine Zierde waren. Die unvermeidlichen Akten hatte man hinter Schranktüren verbannt und einen Computer erst gar nicht aufgestellt. Wer das Zimmer betrat, schaute über den mit Schnitzereien reich verzierten Schreibtisch hinweg auf eine der beiden Regalwände. Darin war eine Fläche von vielleicht zwei Quadratmetern freigelassen und mit einem schlichten Holzkreuz versehen. Neben dem Fenster, halb verdeckt von einem der Vorhänge stand ein Sessel, daneben ein kleiner Tisch und ein Buch darauf. An der freien Wand neben der Eingangstür, sodass man vom Schreibtisch direkt darauf sah, hing ein Gemälde, das erst einige Jahre alt sein mochte, eine Darstellung der Speisung der Fünftausend. Wobei der Jesus auf diesem Bild eine auffallend dunkle Hautfarbe, kurze gekräuselte Haare und volle Lippen hatte, während die Menschen, die vor ihm saßen, angezogen waren wie diejenigen, die in diesem Haus arbeiteten und in dieser Stadt lebten. Bischof Dr. Martin hatte dieses Bild vor drei Jahren gekauft. Auf dem Schreibtisch standen eine Messinglampe mit grünem Schirm und eine Federschale, einige wenige Akten waren zu einem kleinen Stapel neben dem Telefon sortiert. Dieser Raum strahlte die Ruhe eines Gelehrtenzimmers aus. Johannes Steufel wirkte darin wie ein Fremdkörper und schien in dem Schreibtischsessel fast zu versinken.

Er bot Judith Engel keinen Platz auf dem mit dunklem Leder bezogenen Stuhl vor dem Schreibtisch an. Er wollte es offensichtlich kurz machen.

„Ich schlage Ihnen deshalb vor, sich nicht allzu fest hier im Hause einzurichten. Falls es sich als sinnvoll erweisen sollte, dass die Funktion des persönlichen Referenten nach der Neuwahl des Bischofs von einem anderen Kollegen übernommen wird, sollte Ihnen der Abschied nicht allzu schwerfallen."

Judith Engel verstand alles, aber eine passende Antwort fiel ihr nicht ein, was selten vorkam. Sie hatte sich innerlich auf eine gemäßigt freundliche Aufnahme auf diesem Heiligen Berg eingerichtet, aber nicht auf diese verbalen Ohrfeigen. Sie kannte Johannes Steufel und ihr war klar, dass sie ihn nicht zu ihren Freunden zählen durfte. Sie wusste auch, dass sie ihn vermutlich nie zu ihren Freunden würde zählen dürfen, egal wie sie sich bemühen und welche Verrenkungen sie auf sich nehmen würde. Sie hatte zwei unveränderliche Eigenschaften, die sie für Johannes Steufel zu einer ständigen Infragestellung seiner selbst machten: Sie war eine Frau und sie war fast zehn Zentimeter größer als er.

Judith Engel kannte die Geschichte von Oberkirchenrat Steufel. Er galt als Hort der Tradition in der Kirche, in ihren Augen vor allem jenes Teils, der überwunden werden musste. In der Familie von Johannes Steufel hatte es in jeder Generation mindestens einen Pfarrer gegeben. Zwei seiner Onkel waren Pfarrer, sein Großvater mütterlicherseits, sein Urgroßvater väterlicherseits. Diese Reihe ließ sich in der Linie der Mutter bis in die Zeit des Dreißigjährigen Krieges zurückverfolgen. Außerdem gab es in seiner Familie in jeder Generation geschickte Händler. Die Aufgabe der Pfarrer war es, für die sündigen Seelen ihrer Verwanden zu beten, die nicht nur wegen ihres Fleißes, sondern auch wegen ihrer gelegentlich halsabschneiderischen Methoden so erfolgreich waren. Dafür unterstützen die Händler ihre armen Verwandten in den Pfarrhäusern finanziell oder verhalfen ihnen zu gehobenen Positionen mit entsprechenden Einkommen. Der Vater von Johannes Steufel gehörte in diese Händlerlinie der Familie. Von ihm hatte Johannes gelernt, die Menschen wie Kunden zu behandeln. Er konnte den anderen gegenüber den Eindruck erwecken, als läge ihm deren Zufriedenheit am Herzen, wobei er zugleich ständig überlegte, wie er aus der Situation den größtmöglichen Vorteil für sich selbst schlagen konnte. Wegen seiner Freundlichkeit galt er bei vielen als ein angenehmer Mensch, freilich bemerkten manche über kurz, die meisten aber erst über lang den verschlagenen Devotismus, der hinter seinem Lächeln steckte. Dann war es jedoch zu spät und Oberkirchenrat Steufel hatte bereits eine Mehrheit für seinen erst auf den zwei Blick als reaktionär erkennbaren Vorschlag zusammen.

Konnte OKR Steufel sich, wenn es darum ging, sein Ziel zu erreichen, winden wie ein Aal und flexibel bis zur Selbstaufgabe sein, so wurde er steif und unerbittlich, wenn er erst einmal die Oberhand gewonnen hatte. Weh dem, gegen den er war. Er verdrängte unerbittlich alle, deren Nase ihm nicht gefiel, von ihren Positionen. Wenn es sich um eine Frau handelte, brauchte er nicht einmal mehr nach der Nase zu schauen. Einen Menschen, der diesem Geschlecht angehörte und sich einer anderen Aufgabe widmete als Haushalt und Kindererziehung oder Sekretariatsaufgaben, verfolgte er unerbittlich, bis sie in die ihr angemessenen Schranken gewiesen war.

Seine eigene Frau hatte den Beruf der Erzieherin erlernt und auch vier Jahre ausgeübt, bis sie den Pfarrer Johannes Steufel ehelichte und ihm in der folgenden Zeit fünf Kinder gebar. Ihre Berufsausbildung prädestinierte sie dazu, ihm den Haushalt zu führen und seine Nachkommen aufzuziehen. Zudem machte ihre – auch vielen anderen Erzieherinnen eigene – ungezwungene Bewunderung für das männliche Geschlecht, vor allem wenn es gelegentlich einen Talar trägt, sie lange genug blind, sodass sie erst als die wirtschaftliche Abhängigkeit von ihrem Mann solide fundiert war, bemerkte, auf was sie sich da eingelassen hatte. Die Phase der Enttäuschung war jedoch nur kurz. Eine Scheidung kam für sie nicht in Frage, für ihn auch nicht. Also musste sie sich anpassen, um zu überleben. Sie beschritt den Weg der Identifikation mit dem Aggressor und wurde zu einer der eifrigsten Verfechterinnen der Rolle der Hausfrau und Mutter als der einzig angemessenen Aufgabe für die moderne Frau und zugleich eine der fanatischsten Gegnerinnen von Frauen im Pfarramt.

Oberkirchenrat Steufel war inzwischen fünfundfünfzig Jahre alt geworden, das Haar war licht und eigentlich nur noch in Form eines Halbkreises um seinen eiförmigen Schädel herum in nennenswertem Umfang vorhanden. In dem Maße, indem die Wölbung seines Kopfes unter der sich lichtenden Haarpracht hervorgekommen war, hatte sich eine ähnliche, wenn auch deutlich umfangreichere Wölbung an seinem Bauch entwickelt. Er versuchte, diesen Zuwachs an Körpergewicht wie einen Zuwachs an Würde zu tragen, was ihm jedoch angesichts seiner Körpergröße von gerade einmal ein Meter zweiundsiebzig kaum gelang. Im Grunde war es sich dessen bewusst, und so reagierte er äußerst empfindlich auf jede Anspielung auf seine Größe, wobei er allein die Tatsache, dass ein anderer Mensch größer war als er, bereits als eine solche Anspielung auffasste. War dieser Mensch zudem noch eine Frau, so war sie für ihn eine wandelnde Beleidigung, für die es nicht die geringste Entschuldigung gab.

OKR Steufel gab sich gerne als in einem fast kleinbürgerlichen Sinne solide, trug Anzüge, die in ihrem Farbton zwischen grau und schwarz spielten – heute hatte er der Würde wegen doch einen schwarzen gewählt – im Sommer Kniestrümpfe, ab dem Herbst lange Unterhosen, beides selbstverständlich auch in grau oder schwarz, die Hemden waren immer weiß und machten Frau Steufel viel Arbeit. Seine Krawatten waren alle schräg gestreift, Punkte verabscheute er, sie waren unvorteilhaft für ihn, und andere Muster auf einem Binder hielt er für unseriös. Er war kurzsichtig, und so gelang es ihm, mit dunklen Hornbrillen die stete Ernsthaftigkeit seines Gesichtsausdrucks zu unterstreichen.

Selbstverständlich hatte Johannes Steufel keine Laster. Es gab keine anderen Frauen in seinem Leben, auf jeden Fall wusste man nichts davon. Aber ab und zu eine Zigarre, das machte ihm Freude. Beim Alkohol hielt er sich zurück, aber ein Glas Wein gehörte zu einem kultivierten Lebensstil, hatte doch Jesus auf der Hochzeit zu Kana das Wasser in den Krügen zu Wein gewandelt. Keiner hatte ihn jemals betrunken gesehen, immer war er vorher nach Hause gegangen.

Zur Darstellung seiner Persönlichkeit gehörte es, dass er niemals einen Kugelschreiber benutzte, sondern stets einen Füllfederhalter bei sich führte, mit dem er in den ihm eigenen Minuskeln seine Notizen machte. Er schrieb sie auf weiße unlinierte Blätter, die er zu je fünfhundert binden ließ, um seinem Biographen die Arbeit zu erleichtern. Er wünsche sich, dass dieses Buch noch zu seinen Lebzeiten erscheine, aber war sich dessen bewusst, dass diese Hoffnung nur dann nicht ganz vergeblich wäre, wenn er es bis zum Bischof brächte.

Sein zweites wichtiges Accessoire war seine Sekretärin, zeitweise hatte er sogar deren zwei, aber bei einer der Sparrunden im Landeskirchenamt hatte er an dieser Stelle ein wenig zurückstecken müssen. Seine Sekretärin diente dazu, seine Briefe zu schreiben, Telefonate anzunehmen und zu vermitteln, Pfarrerinnen und Pfarrer vorzuladen, ihn hier und da wegen terminlicher Überlastung zu entschuldigen, auszurichten, dass der Herr Oberkirchenrat etwas später kommen würde, da er zuvor noch einen wichtigen Termin wahrzunehmen habe und für viele andere Aufgaben mehr. Ihre wichtigste Funktion war es aber, sich von Steufel aus einer Sitzung anrufen zu lassen und Herrn Oberkirchenrat wichtige Unterlagen zu bringen.

Steufel hielt sich für einen guten Theologen, aber er ragte nicht weit über dem Durchschnitt seiner Amtsbrüder heraus. Er hatte sich um eine Dissertation bemüht, auch ein Thema erhalten und sich einige Jahre geplagt. Es wollte jedoch nicht so recht gelingen. Er tröstete sich damit, dass die seelsorgerlichen Anforderungen in seiner Gemeinde eben hoch seien, dass er kaum Zeit hätte, kontinuierlich an dieser Arbeit zu bleiben. Jener Professor, der sein Doktorvater werden sollte, war erleichtert, als er nach sechs Jahren das Thema zurückgab. Er hatte die Aussichtslosigkeit des theologischen Bemühens von Steufel schon nach wenigen Monaten erkannt, hatte aber diesen ehrgeizigen jungen Mann nicht so enttäuschen wollen.

Seitdem waren fünfundzwanzig Jahre vergangen und Johannes Steufel hatte sich seine Anerkennung mühsam erarbeitet und erschlichen. Er wählte den in seiner Kirche erfolgreichen Weg der zweiten Reihe. Immer hielt er sich zurück, wenn es die Vergabe von Ämtern ging, tat aber sein Bestes dazu, dass die angetretenen Kandidaten nicht zum Zuge kamen, sei es durch ein Patt bei den Wahlen, sei es, weil man eben alle ablehnte. War die erste Riege verbraucht, trat er mit der zweiten an. Da er den Menschen den Eindruck vermittelte, mit ihm könne man nichts falsch machen – was sich nur auf den ersten Blick als richtig erwies, sich aber auf den zweiten als Irrtum herausstellte – wurde er immer wieder gewählt, obwohl man eigentlich andere für die Fähigeren hielt.

Nur einmal hatte er eine Wahl verloren, vielleicht deshalb, weil er sofort angetreten war. Er befürchtete damals jedoch, es könnte für ihn keine zweite Chance geben. Das war die Bischofswahl gewesen, bei der er letztlich gegen Dr. Philipp Salomo Martin unterlag.

Johannes Steufel erwartete keine Antwort von Judith Engel und wünschte auch keine. Er griff zum Telefon und sagte: „Frau König wird Ihnen den Weg zu Ihrem Büro zeigen. Lassen Sie sich Zeit beim Einarbeiten. Wenn Sie Fragen haben, wenden Sie sich bitte an den Kollegen Liber. Er ist ein geduldiger und lieber Mensch." Er rief Frau König herein, die Judith Engel abführte.

5

Oberkirchenrat Dr. Stein saß hinter seinem Schreibtisch, der an Zierrat dem des Bischofs in nichts nachstand. Jedoch war sein Zimmer ein wenig kleiner, das Fenster hatte das Standardformat der Gebäude des Landeskirchenamtes und das Kreuz an der Wand fehlte. Bei genauerem Hinsehen wäre dem vergleichenden Besucher zudem aufgefallen, dass die nicht minder schönen Buchrücken in den Eichenregalen dieses Raumes nicht zu theologischen Büchern gehörten wie die des Bischofszimmers, sondern zu juristischen, wie es sich für das Amtszimmer eines leitenden Juristen gehörte. Ansonsten strahlte es denselben Charme vergangener Großbürgerlichkeit aus, wie das drei Türen entfernt liegende Zimmer des Bischofs.

„Bitte, nehmen Sie doch Platz." Dr. Stein wies auf den Stuhl vor seinem Schreibtisch und Dr. Judith Engel setzte sich. Sie war Punkt zehn Uhr erschienen, nachdem sie zusammen mit ihrer Sekretärin die Zeitungen des Tages ausgewertet hatte. Steufels Pressemitteilung vom Vortag war von den meisten Blättern auf das erträgliche Maß zurecht gekürzt worden. Kritische Kommentare zum Verhältnis von Steufel und Dr. Martin oder auch irgendwelche Vermutungen zu Unregelmäßigkeiten im Zusammenhang mit dem Tod des Bischofs waren nicht erschienen. Judith Engel erwartete sie für die nächsten Tage. Es gab immerhin noch einige Journalisten, die sich mit den kirchlichen Interna ein wenig auskannten.

„De mortuis nihil nisi bene." Dr. Stein hatte sich seine Pfeife angezündet und genoss es, die vier Wände seines Arbeitszimmer zuqualmen zu dürfen. Er war ein schlanker großer Mann, der meistens eine Pfeife in der Hand hielt. Sie brannte nur selten, wenn er mit anderen zusammen war, in seinem Arbeitszimmer jedoch hatte seine Leidenschaft Tapeten und Gardinen verfärbt. „Wie fanden Sie die Pressemitteilung unseres Bischofsstellvertreters?"

Judith Engel fand Dr. Stein alles andere als sympathisch. Aber er redete gerne Klartext, und das kam ihr entgegen. Auch sie liebte es, die Dinge beim Namen zu nennen. Das hatte sie oft Sympathien gekostet. Aber nach dem gestrigen Gespräch mit OKR Steufel, sofern man denn diesen kurzen Monolog seinerseits als ein Gespräch bezeichnen konnte, hatte sie den Eindruck erlangt, dass sie sowieso keine Chancen hatte, in diesem Hause irgendwelche Sympathien zu gewinnen.

„Nun, sie widersprach allen Regeln einer guten Pressemeldung. Der Aufbau stimmte nicht, das Wesentliche wurde nicht deutlich. Sie erinnerte eher an ein theologisch-historisches Traktat denn an einen Pressetext. Manche der Journalisten habe ich bewundert, als ich heute Morgen gelesen habe, was die doch noch daraus gemacht haben."

„Und sie war verlogen. Das waren die Worte eines Mannes, der froh war, endlich einen verhassten Konkurrenten los zu sein und nun seine Schadenfreude unter einer Lobeshymne zu verstecken versuchte."

Judith Engel war ein wenig erstaunt. Dr. Stein war für seine klaren und gelegentlich schroffen Worte bekannt, aber sie hatte es noch nie erlebt, dass er die ans Verschwörerische grenzende Solidarität des Kollegiums der Oberkirchenräte und des Bischofs verletzte.

„Ja, er hat stark übertrieben", stimmte sie ihm zu. „Ich befürchte, in den nächsten Tagen wird der Rückschlag kommen: kritische Nachfragen, Recherchen zum Tod, Spekulationen über die Nutznießer dieses Todes, Überlegungen zu möglichen Nachfolgern."

„Und immer wird der Name Steufel fallen. Aber lassen Sie uns ein wenig über ihre Arbeit reden, Frau Dr. Engel. Sie sind keine uneingeschränkt gern gesehene Mitarbeiterin in diesem Haus."

„Das hat mir Herr Steufel gestern unmissverständlich klar gemacht. Er riet mir, mich hier nicht für eine allzu lange Zeit einzurichten. Ein neuer Bischof könnte auch einen anderen persönlichen Referenten wünschen, hatte er gesagt."

„Sie sind eine kluge Frau, für manche Menschen eine zu kluge. Nicht wenige Männer bekommen angesichts einer großen, schönen und klugen Frau wie Sie Minderwertigkeitsgefühle. Das macht Ihre Nähe für sie unerträglich, und deshalb werden sie alles daransetzen, diese Nähe zu vermeiden."

Als Judith Engel beim Einstellungsgespräch nach dem Zweiten Theologischen Examen gefragt wurde, was sie denn über die leibliche Auferstehung Jesu Christi denke – man hatte sich eigentlich darauf geeinigt, diese Frage wegen ihre theologischen Brisanz und Schwierigkeit nicht zu stellen – antwortete sie, dass sie darüber dasselbe denke, wie über die Jungfrauengeburt. Was sie damit meine, fragte das Kommissionsmitglied unsicher und ein wenig verärgert zurück. Nun, so sagte sie, die ersten Zeugen am leeren Grab am Ostermorgen seien Frauen gewesen, Frauen wie Maria, die Mutter Jesu. Bei der Jungfrauengeburt und bei der leiblichen Auferstehung handele es sich um Geheimnisse, die wohl nur Frauen und auch die lediglich ansatzweise erfassen könnten. Der Bischof, der den Vorsitz in dieser Kommission hatte, lächelte ein wenig, und hielt seinen Kollegen von weiteren Nachfragen ab. An diesem Tag waren sich Judith Engel und Dr. Martin zum ersten Mal begegnet. Aber auch Johannes Steufel hatte in dieser Kommission gesessen.

„Es sieht so aus, als hätte ich hier nicht viel zu gewinnen und noch weniger zu verlieren", sagte Judith Engel. „Eigentlich ein guter Ausgangspunkt für eine neue Arbeitsstelle, wenn man nicht vom Ehrgeiz geplagt ist."

„Wie steht es mit ihrem Ehrgeiz? Sie wirken nicht gerade wie ein Mauerblümchen, das sich gerne versteckt."

„Ich glaube nicht, dass ich nach Ehre geize. Ehre ist mir nicht so sonderlich wichtig. Einen angemessenen Platz beanspruche ich jedoch schon." Judith Engel hatte sich in ihrem Stuhl aufgerichtet.

Dr. Stein war dieser Ausdruck von Selbstbewusstsein nicht entgangen, und er lächelte bewundernd und amüsiert zugleich, als er fragte: „Angemessen? Was meinen Sie mit angemessen?"

Judith Engel zögerte. „Jeder Mensch hat das Recht, einen Platz in seinem Arbeitsbereich und in der Gesellschaft zu erhalten, der seinen charakterlichen, körperlichen und intellektuellen Fähigkeiten entspricht."

„Das steht meines Wissens aber nicht in der UNO Menschenrechtserklärung", lächelte Dr. Stein hinter einer Wolke aus Tabakqualm. Seine Stimme nahm einen strengen Ton an, als er fortfuhr: „Wissen Sie, ich arbeite eine ganze Reihe von Jahren bei dieser Firma Evangelische Kirche. Ich bin gerne hierhergekommen, aber mit einer großen Naivität. Ich war der Meinung, in der Kirche sei es anders als im Staatsdienst. Da hatte ich angefangen. Ich hatte gedacht, in der Kirche gäbe es nicht dieses Hauen und Stechen hinter den Kulissen, dieses Intrigieren und diese Seilschaften. Aber es gibt sie hier genauso wie im Staatsdienst und wahrscheinlich in jeder Firma. Nur ist es in der Kirche schwerer erträglich. Jedoch habe ich dazu gelernt."

Dr. Norbert Stein, seinen Vornamen benutzte niemand, weil ihn auch niemand kannte, stammte aus einer alten Juristenfamilie, war aber der Einzige, den es in das Fach Kirchenrecht verschlagen hatte. Er war ein exzellenter Jurist, scharfsinnig, gebildet, eloquent und erfahren. Dr. Stein hatte unter seinesgleichen einen derart guten Ruf, dass es verwunderlich erschien, ihn als Oberkirchenrat bei einer nicht allzu großen protestantischen Landeskirche tätig zu wissen. Um solch außergewöhnliche Phänomene ranken sich immer schnell Gerüchte. Was Dr. Stein und sein Arbeitsverhältnis anging, gab es deren zwei, die jeweils ihre starken Verfechter hatten. Das eine besagte, dass Dr. Stein, dem man bereits eine bedeutende Karriere im Staatsdienst vorausgesagt hatte, sich einen großen Fehltritt geleistet hatte – man munkelte etwas von Pädophilie, andere wussten angeblich etwas von einer Urkundenfälschung – dass er anschließend wegen seiner herausragenden Fähigkeiten und der schützenden Hand eines Ministers an die Kirche vermittelt worden sei, um dort einen zumindest ehrenhaften Posten zu erhalten. Das andere Gerücht besagte, dass Dr. Stein bei einer Abendveranstaltung der Heilsarmee – oder einer ähnlichen Einrichtung, keiner wusste das so genau – ein Bekehrungserlebnis gehabt habe, um sich fortan mit ganzer Kraft der Kirche zu verschreiben. Für die zweite Version sprach, dass Dr. Stein nicht nur seiner Landeskirche, sondern der gesamten Evangelischen Kirche in Deutschland stets treu gedient und ihr zu vielen juristischen Erfolgen verholfen hatte. Für die erste sprach die Tatsache, dass er nie geheiratet hatte. Aber vielleicht war das auch eine Folge des Bekehrungserlebnisses. Für die Vermutung, dass sein Dienst bei der Kirche nicht aus Überzeugung und freien Stücken erfolgte, sprach wiederum, dass er im Laufe der Jahre einen ausgeprägten Sarkasmus entwickelt hatte. Andere führten dies allerdings auf die Tatsache zurück, dass zwischen seinem intellektuellen Niveau und dem seiner Kollegen, abgesehen von Bischof Dr. Martin, Welten lagen, und dass es nur zu verständlich war, dass man in solch einer Situation zum Sarkasten wurde, zumal der Einfluss der Juristen in der Kirche zwar nicht unbeträchtlich war, die Leitungsfunktionen aber immer den Theologen verblieben waren.

„Sie halten also nichts von dem Gedanken eines angemessenen Platzes für jedermann und jederfrau?" Judith Engel versuchte, wieder den Faden ihres Gespräches aufzunehmen.

„Doch, von dem Gedanken halte ich viel. Aber wenig von der Erwartung, dass er umgesetzt wird. Er ist meines Erachtens genauso naiv wie jene Erwartung, mit der ich in den kirchlichen Dienst gegangen bin." Dr. Stein hüllte sich wieder in Rauch.

„Sind Sie auf einem Ihnen angemessenen Platz?"

Dr. Stein war lange nicht mehr eine so persönliche, ja auf gewisse Weise intime Frage gestellt worden. Er schmunzelte wieder, diesmal über ihre Offenheit und ihren Mut. Aber er lächelte nur, weil er sicher war, dass sie es hinter dem Tabaksqualm nicht würde erkennen können.

„Ich neige dazu, meinen Platz als unangemessen zu betrachten. Aber er war bisher zumindest erträglich. Denn Bischof Dr. Martin war ein beachtlicher Mensch, da fällt es nicht so schwer, nur die zweite Geige zu spielen."

„Wie sehen Sie das jetzt?" fragte Judith Engel nach.

Dr. Stein merkte, dass er kurz davor war, dieser Pfarrerin sein Herz auszuschütten, aber er riss sich gerade noch zusammen. „Lassen Sie uns ein bisschen mehr über Sie reden", antwortete er deshalb. „Wie stellen Sie sich Ihren angemessenen Platz vor?"

„Gemeindepfarrerin ist ein durchaus angemessener Platz für mich, aber vor den Konfirmanden bin ich mir manchmal wie eine Dompteuse und in Presbyteriumssitzungen wie eine Kindergärtnerin vorgekommen. Beides Berufe, die ich nicht ergreifen wollte."

„Auf der Synode bin ich mir oft wie ein Losverkäufer auf dem Jahrmarkt der Eitelkeiten vorgekommen und in den Kollegiumssitzungen wie bei einem Fünferringkampf, bei dem jeder jeden aufs Kreuz legen wollte." Er merkte, er fing schon wieder an, von sich zu reden. „Und der Platz einer persönlichen Referentin des Bischofs, ist der angemessen?"

„Da geht es mir wie Ihnen. Es kommt auf den Bischof an?"

Das war für ein erstes Gespräch genug. Dr. Stein hatte sich ein eigenes Bild von dieser Frau machen können.

„Ich muss in der nächsten Woche zum Kirchenamt der Evangelischen Kirche in Deutschland nach Hannover. Es geht um Absprachen für das Gespräch mit Vertretern der Bundesregierung im kommenden Monat. Ich werde Oberkirchenrat Steufel bitten, dass Sie mich begleiten dürfen. Dasselbe gilt für die Tagung des Kirchenordnungsausschusses zwei Tage später. Ich gehe davon aus, dass er sie nicht vermissen wird."

Judith Engel war erstaunt über diese Anfragen, die mehr Angebote waren. Beide Sitzungen würden ihr helfen, in ihren neuen Arbeitsgebiet Fuß zu fassen.

6

Dr. Judith Engel hatte Oberkirchenrat Steufel am vergangenen Abend in der Sondersendung zum Tod von Bischof Dr. Martin gesehen. Der Verstorbene war gut dargestellt worden, so wie er war, so wie sie ihn kannte, als einen unkonventionellen Theologen von überdurchschnittlichen Qualitäten, als einen liberalen Kirchenführer, liberal nicht aus Desinteresse oder Angst vor Konflikten, sondern aus der Überzeugung heraus, dass Gott mit jedem seiner Menschen eigene, manchmal recht verschlungene Wege gehe. Obwohl er nur fünfundfünfzig Jahre alt geworden war, war er für viele in seiner Kirche und im ganzen Land zu so etwas wie einer Vaterfigur geworden. Man hatte seinen Lebensweg nachgezeichnet von der Kindheit und Jugend in der Industriestadt über die Studienjahre und die Phase der Promotion, die Arbeit als Gemeindepfarrer mit dem mehrjährigen Ausflug in die Militärseelsorge bis zu seiner Zeit als Superintendent und Probst und schließlich dem Wechsel ins Bischofsamt. Es wurde nicht verschwiegen, dass es sich mit seiner offenen Art manches Mal Gegner gemacht hatte, sowohl in der Kirche als auch im rechten politischen Spektrum. Er war gegen die Todesstrafe genauso vehement aufgetreten wie gegen die aktive Sterbehilfe, aber seine abwägende Haltung zur Frage des Schwangerschaftsabbruchs, bei dem er immer wieder auf die mögliche Notsituation der Mütter hingewiesen hatte, war manchen nicht eindeutig genug gewesen.

Im letzten Drittel wurde ein Ausblick auf die Zukunft der evangelischen Kirche im Land versucht. Man spekulierte über mögliche Nachfolger, kam auf seine

Konkurrenten bei der letzten Bischofswahl zu sprechen und schloss mit einem Interview mit Oberkirchenrat Steufel, dem stellvertretenden Bischof, der nun die Geschäfte führen musste. Steufel hatte sich vom Fahrer des Landeskirchenamtes mit dem Dienstwagen ins Studio des Landessenders bringen lassen. Er hatte einen Lutherrock angezogen. Der Stehkragen seines Hemdes und der strenge Schnitt dieses Gehrocks, eines Überbleibsels aus dem neunzehnten Jahrhundert verlieh ihm in den Augen von Judith Engel ein gestrenges Aussehen, das manch anderer als würdevoll bezeichnet hätte. Der Lutherrock war kein in irgendeiner Weise geschütztes Kleidungsstück, eigentlich konnte es jeder anziehen. Er war aber ein typisch kirchlicher Anzug, der völlig außer Gebrauch gekommen war. Gelegentlich trugen ihn leitende Geistliche protestantischer Kirchen um leichter als Amtsträger erkennbar zu sein. Im Straßenanzug sah man neben einem katholischen Bischof viel zu weltlich aus. Dr. Judith Engel hatte kein Verständnis für diese Verkleidung, zumal Luther, nach dem er benannt worden war, so etwas nie getragen hatte.

Oberkirchenrat Steufel jedoch schien sich darin wohlzufühlen. Erstaunlich war nur, dass Steufel so schnell an einen Lutherrock gekommen war. Sie hatte ihn noch nie darin gesehen. Der Vorgänger von Bischof Dr. Martin hatte ihn immer wieder getragen, er selbst nicht. Steufel musste ihn zu Hause im Schrank hängen gehabt haben. Vielleicht hatte er ihn sich schneidern lassen, als er damals gegen Dr. Martin kandidiert hatte. Wie dem auch war, er saß mit diesem Anzug und Kollar im Studio und unterschied sich äußerlich in nichts von einem seiner Vorgänger aus der Kaiserzeit.

Dass er auch innerlich noch stark in dieser Zeit verankert war, stellte an diesem Abend nicht nur Dr. Judith Engel fest. Hunderttausende von Fernsehzuschauern erlebten einen Mann an der Spitze ihrer Kirche, der die alten Grundfesten des Protestantismus beschwor, die Familie als die einzig angemessene Lebensform für einen Christen und eine Christin herausstellte, nie das Wort „Pfarrerin" in den Mund nahm, als gäbe es in seiner Kirche nur Pfarrer, der betonte, dass das soziale Engagement der Kirche wichtig, ihr Zentrum nach wie vor aber der sonntägliche Gottesdienst sei, der dem Gebrauch neuerer Bibelübersetzungen im Gottesdienst kritisch gegenüber stand und vor der Bedrohung der abendländischen Kultur durch den Islam warnte. Auf die Frage, ob es stimme, dass er zum Protestantischen Bund, dem europaweiten Zusammenschluss konservativer protestantischer Christen gehöre, gab er keine Antwort, sondern sagte nur, dass er der Meinung sei, dass die Festigung der christlichen Grundlage bei der Neugestaltung Europas eine der wichtigsten Aufgaben der näheren Zukunft sei.

Dr. Judith Engel befürchtete, dass Oberkirchenrat Steufel mit dem, was er von sich gegeben hatte, auf viel Zustimmung treffen würde. Es war seit einigen Jahren für immer mehr Menschen modern, wieder ein bisschen konservativ zu sein, ganz zu schweigen von denen, die nie anders gewesen waren. Die leichte Brise, die ihr als Frau im Pfarramt durchgängig entgegengeweht war, hatte in letzter Zeit deutlich an Stärke zugenommen. Es gab zu viele Theologiestudenten und zu wenige Kinder, da erschien eine Rückkehr in die alten Rollenmuster nur angemessen.

Judith Engel wohnte noch in dem Pfarrhaus der Gemeinde, in der sie zehn Jahre lang Pfarrerin gewesen war, zwanzig Kilometer von der kleinen Stadt mit dem Heiligen Berg, auf dem die Kirchenleitung residierte, entfernt. Es waren zehn ausgefüllte Jahre gewesen, ausgefüllt mit Arbeit, mit beruflichen Erfolgen und Konflikten, mit einer Heirat und zwei Geburten und mit dem Scheitern der Ehe. Ihr Mann war nicht zum Pfarrmann geeignet gewesen, kam nicht damit zurecht, im Dorf als der Mann der Frau Pfarrerin angesehen, bei jedem Schritt aus der Haustür heraus beobachtet zu werden, eine nur eingeschränkte Privatsphäre hinter den Vorhängen oder Rollläden des Pfarrhauses zu haben. Er war Lehrer an einem Gymnasium, ein leidenschaftlicher Pädagoge, der seine Schülerinnen und Schüler für die Biologie ebenso begeistern konnte wie für die Sozialkunde, der Arbeitsgemeinschaften anbot und Wochenendfreizeiten, der beliebt war bei den Schülerinnen und Schülern und deren Eltern, der aber nicht herhalten wollte als seelischer Mülleimer für die Neurotiker der Kirchengemeinde, wie er es an dem Tag, an dem er seinen Auszug ankündigte, ausdrückte, der nicht einsah, dass seine Frau sich mit sturen Presbytern herumschlagen musste, Männer, die eine Frau lieber am Herd oder im Bett als auf der Kanzel sahen, der es unerträglich fand, dass seine Kinder auf die Weise mit dem Beruf ihrer Mutter bekannt gemacht wurden, dass man ihnen schon im Kindergarten klar machte, dass sie sich nichts darauf einzubilden hätten, das sie die Kinder der Pfarrerin seien. Er liebte seine Frau, aber er hatte sich das Leben mit ihr anders vorgestellt, mehr gemeinsame Zeit, weniger Getratsche im Dorf, wenn er wieder einmal an einem Sonntag mit Jeans und offenem Hemd im Garten gesehen worden war. Judith Engel andererseits konnte es sich nicht vorstellen, als Lehrersfrau ohne eigene Arbeit die nächsten Jahre zu verbringen – und auch nicht ohne ihre Kinder. So zog er aus, und die Kinder blieben. Die Jahre des wöchentlich oder täglich neuen Managements von Kindern, Küche und Kirche mit Tagesmüttern, Freundinnen und Großeltern begannen, eine Zeit, die ihr die ersten unübersehbaren Falten ins Gesicht schnitt, in denen über Wochen hinweg nur ihr Wille und ihr Glaube sie vor dem Zusammenbruch bewahrten, wenn die Kinder krank wurden oder wenn irgendein Gemeindeglied oder auch einmal ein Kollege meinte, die eigenen Defizite an ihr abarbeiten zu müssen. Als dann die Scheidung rechtskräftig wurde, da musste sich ihr Presbyterium dazu äußern, ob seiner Meinung nach die Pfarrerin Dr. Engel auf ihrer Pfarrstelle verbleiben könnte. Sie war bei der Sitzung nicht dabei, die nur ein knappes Ja ergab. Als sie den Superintendenten, der die Zusammenkunft geleitet hatte, fragte, ob sie nicht besser freiwillig gehen solle, da hielt er angesichts dessen, was er in der Sitzung gehört hatte, für angebracht.

Die Abstimmung im Landessynodalausschuss fiel nicht viel deutlicher aus, als Bischof Dr. Martin sie als persönliche Referentin vorschlug. Man stimmte ihm zum Gefallen zu, aber eine geschiedene Pfarrerin in dieser Position? Wie sollte eine Frau das schaffen, eine Frau ohne Mann aber dafür mit zwei Kindern?

Judith Engel saß im Wohnzimmer ihres Pfarrhauses, in zwei Wochen würde sie mit ihren Kindern in die Stadt umziehen, die Wohnung war gemietet, der Möbelwagen war bestellt, die Freundin würde helfen, den Schulwechsel zu bewältigen, einen verständnisvollen Chef hatte sie ursprünglich auch erwarten können. Sie hatte sich auf diesen Neuanfang gefreut, aber sie wusste nicht mehr, ob sie sich jetzt noch freuen sollte.

7

Melanie Honig saß nicht an ihrem Schreibtisch, als Dr. Judith Engel am nächsten Morgen in ihr Büro ging. Melanie Honig war die Sekretärin der persönlichen Referentin des Bischofs. Eine Woche zuvor hatte sie noch im Dezernat von Oberkirchenrat Fritz Meyer gearbeitet, aber die Tatsache, dass man nun eine Sekretärin für die persönliche Referentin brauchte, hatte man zu einem Revirement in den Vorzimmern genutzt. Oberkirchenrat Steufel wollte sich von einer seiner Vorzimmerdamen trennen. Sie war ihm nicht schnell genug und außerdem wurde er den Verdacht nicht los, dass sie lesbisch sei. Wenn eine recht attraktive Frau mit Mitte dreißig noch nicht verheiratet war, konnte etwas nicht stimmen. Aber andererseits, wenn man als Frau nur Hosen trug, durfte man sich auch nicht wundern, dass sie keinen Mann fand. Die anderen Oberkirchenräte hätten diese sportliche Frau durchaus gerne in ihrer Umgebung gesehen, aber sie war bei der Arbeit wirklich langsam und wie die meisten Mitarbeiterinnen inzwischen unkündbar, sodass Rufus Liber sich schließlich bereit erklärte, sie zu nehmen.

Die Mitarbeiterin, auf die er wegen dieses Zugangs verzichten musste, erhoffte sich von der Versetzung eine Befreiung, denn mit ihrem übersprühenden Temperament fühlte sie sich in dem betulichen Dezernat von OKR Liber völlig falsch am Platze. Die anderen Herren des Kollegiums waren jedoch einhellig der Ansicht, dass sie zu viel Zeit mit Reden — mit sich selbst oder mit anderen — verbrachte, um eine ihrem Gehalt angemessene Arbeitsleistung zu erbringen, sodass

Oberkirchenrat Dr. Stein sich bereit erklärte, sie zu übernehmen. In seiner Gegenwart verschlug es den meisten Menschen die Sprache, was auch in diesem Falle nicht anders sein und die Leistung der Mitarbeiterin sicherlich steigern würde.

Er selbst verzichtete auf eine Sachbearbeiterin, der er diesen Titel nie zugestanden hatte, denn die Sachen, die sie am liebsten bearbeitete, waren ihre Haare und ihre Fingernägel, was in Kombination mit einer gewissen natürlichen Veranlagung und guten Kenntnissen im Bereich der Kosmetik zu einem attraktiven Äußeren führte. Über diesen Neuzugang freute sich Oberkirchenrat Fritz Meyer, der sich durch diesen optischen Reiz in seiner Umgebung täglich neu in seinem Selbstwertgefühl stimuliert fühlte.

Von Melanie Honig hatte er sich trennen müssen, die er nur süßlich fand aber nicht süß. Aber sie war zuverlässig und fleißig und hatte sich tief in ihrem Herzen einen Rest von Frauensolidarität bewahrt, obwohl sie schon eine Reihe von Jahren in dieser Hochburg des Patriarchats arbeitete. Dr. Judith Engel hatte das schnell gespürt und sich über diese Mitarbeiterin gefreut. Gerade weil sie so zuverlässig war, wunderte es sie, dass sie nicht zu dieser Zeit an ihrem Arbeitsplatz saß, hatten sie doch genau für diesen Zeitpunkt die morgendliche Besprechung angesetzt.

„Frau Honig", rief Judith Engel deshalb, als sie den Schreibtischstuhl leer fand.

„Ich habe Frau Honig zu Oberkirchenrat Steufel geschickt." Dr. Judith Engel kannte die Stimme, die sie aus ihrem Zimmer hörte, nicht. Aber der Mann, der hinter ihrem Schreibtisch saß, kam ihr doch bekannt vor. Ein Kollege war es, ein junger, der vor zwei Jahren in den Pfarrdienst übernommen worden war. In seinem dunklen Anzug und mit den gescheitelten Haaren sah er ein wenig aus wie ein Konfirmand. Jetzt bemerkte sie auch, dass ihr Schreibtisch umgeräumt worden war. Er war nun frontal zur Tür platziert, ein Stuhl für Besucher davor, die Blumen vom Tisch unter dem Fenster waren verschwunden, dafür lag die Vase zusammen mit dem Foto ihrer Kinder und ihren persönlichen Schreibtischutensilien in einem Karton neben der Eingangstür.

„Oberkirchenrat Steufel hat mich gebeten, Ihnen zu sagen, dass auch sie zu ihm kommen möchten", sagte der Konfirmand auf ihrem Schreibtischstuhl mit einem verbindlichen Lächeln.

„Was soll das heißen?" fragte sie und zeigte auf den Karton am Boden.

„Sie sind später gekommen, als ich es angenommen hatte. Deshalb habe ich die Sachen schon einmal selbst zusammen geräumt. Ich nehme an, sie hatten noch mit ihren Kindern zu tun, oder?" Wieder hatte er dieses verbindliche, verlogene Lächeln auf dem Gesicht.

„Wer sind Sie?" Mehr bekam Judith Engel nicht heraus.

„Fabian Agricola, wir kennen uns. Wir haben uns zuletzt beim Pfarrertag im vergangenen Jahr gesehen, als sie ihre längst überholten feministisch- theologischen Thesen vortrugen."

Dr. Judith Engel erinnerte sich. Agricola hatte bei einer Gruppe junger Pfarrer gesessen, die sich während ihres Referates betont gelangweilt gaben. Am Ende der Veranstaltung setzte Oberkirchenrat Steufel sich zu ihnen und unterhielt sich angeregt mit ihnen.

„Die sind vom Protestantischen Bund", hatte ein Kollege behauptet, aber sie hatte das für ein Gerücht gehalten.

„Und was machen Sie hier?"

„Oberkirchenrat Steufel hat mich gebeten, ihn in den nächsten Wochen zu unterstützen, jetzt wo er doch die Funktion des Bischofs mit übernehmen muss. Er möchte Ihnen das aber selbst erklären, deshalb sollen sie zu ihm kommen."

Dr. Judith Engel hatte das Gefühl, sie träumte, aber das konnte nicht sein. Andererseits konnte das, was sie sah und hörte, auch nicht wahr sein. Wie in Trance drehte sie sich um und wollte gehen, als hinter ihr gesagt wurde: „Bitte nehmen Sie sich gleich ihre Sachen mit!"

Schlagartig war sie wieder bei sich selbst. Sie drehte sich um, richtete sich auf und sagte langsam und betont: „Arschloch!"

Das Lächeln auf dem Gesicht des Konfirmanden bekam einen Zug ins Triumphalistische.

Auf dem Flur zum Zimmer von Oberkirchenrat Steufel kam ihr Melanie Honig mit verheultem Gesicht entgegen und lief an Judith Engel vorbei, ohne sie anzusehen. Sie ärgerte sich, dass sie sich gegenüber Agricola so hatte gehen lassen, auch wenn die von ihr gewählte Bezeichnung eher noch zu höflich gewesen war. Vielleicht hatte sie die Selbstkontrolle verloren. Sie bereute nicht, was sie gesagt hatte, sie bereute nur, dass sie ihm die Gelegenheit zu diesem triumphalen Lächeln gegeben hatte. Sein Weltbild war einmal mehr bestätigt worden: Frauen sind für diesen Job nicht geeignet.

„Wie ich sehe, haben Sie den Kollegen Agricola schon kennengelernt", grüßte Steufel sie. „Bitte nehmen sie doch Platz."

Judith Engel brauchte nichts zu fragen. Steufel sprach gleich weiter. „Ich denke, ich kann auf ihr Verständnis rechnen, dass ich ihn in ihrem Zimmer einquartiert habe. So haben wir einfach kürzere Wege, er und ich."

„Ich bin doch ein wenig erstaunt, über diese plötzliche Veränderung." Dr. Judith Engel hatte ein entsetzliches Gefühl der Ohnmacht, wie sie es schon lange nicht mehr gehabt hatte. Zwei Männer, ein Wort, ein Weg – und keiner hatte mit ihr gesprochen.

„Frau Dr. Engel, ich hatte es ihnen doch angedeutet. Ich habe andere Vorstellungen von einem persönlichen Referenten, als Bischof Dr. Martin sie gehabt hat. Ich halte es deshalb für klüger, diese Position – zumindest vorübergehend – anders zu besetzen. Kollege Agricola hat sich bereit erklärt, mir zu helfen. Er war sofort verfügbar, und ich habe ihn gebeten, heute anzufangen."

Dr. Judith Engel brauchte nicht zu fragen, was für Agricola sprach. Es war das Faktum, dass er von seinem Vater das eine entscheidende richtige Gen geerbt hatte, dass ihn zum Mann werden ließ. Es war die Tatsache, dass seine Frau auf eine Erwerbstätigkeit verzichtet hatte und sich dafür mit aller Kraft dem Nachwuchs im Pfarrhaus widmen wollte. Es hatte darüber hinaus mit seiner theologischen Prägung zu tun, die der von Oberkirchenrat Steufel ähnlich war. Es würde wenig mit der Qualität seiner Arbeit zusammenhängen, denn die Opportunität hatte bei ihm Vorrang vor der Qualität.

„Was haben Sie sich für mich vorgestellt?" fragte Dr. Judith Engel nicht ohne einen Ton der Verbitterung nach.

„Nun, ich habe gehört, Oberkirchenrat Dr. Stein hätte Verwendung für sie. Ich habe noch nicht mit ihm darüber gesprochen, aber wer von uns freut sich nicht über Verstärkung in seinem Dezernat." Oberkirchenrat Steufel lehnte sich in seinem Schreibtischsessel zurück. „Da ist nur noch das Problem mit dem Arbeitsraum für Sie. Aber das habe ich bereits gelöst. Im Archiv ist noch ein kleiner Raum frei, da dürfen sie es sich gemütlich machen." Fast hätte man sein Lächeln als warmherzig bezeichnen können, wäre da nicht dieser Zug unverhohlener Schadenfreude im Hintergrund gewesen. „Ich habe Sie bei Herrn Dr. Wagner, dem Leiter des Archivs, schon angemeldet. Falls Sie den Weg nicht kennen, könnte Frau König ihnen behilflich sein." Er griff zum Telefon.

„Vielen Dank", sagte Dr. Judith Engel und drehte sich um. „So unübersichtlich ist das Landeskirchenamt auch wieder nicht"

8

Der Landessynodalausschuss war das höchste Gremium der Landeskirche zwischen den Tagungen der Landessynode. Er war für die Besetzung wichtiger landeskirchlicher Pfarrstellen und für die der Beamten im Landeskirchenamt zuständig. Er konnte außerplanmäßige Ausgaben und Gesetze vorläufig genehmigen. Er war die Appellationsinstanz gegen Entscheidungen des Bischofs und der Oberkirchenräte. Er bestand aus Mitgliedern der Landessynode. Bei seinen Sitzungen war das Kollegium des Landeskirchenamtes immer komplett anwesend.

Der Landessynodalausschuss war von der Landessynode gewählt worden, und zwar, wie das bei wichtigen Gremien so ist, nach dem Proporzprinzip. Von den neun Mitgliedern waren selbstverständlich zwei Frauen, eine Grundschullehrerin im Ruhestand, die dem volkskirchlichen Spektrum zuzuordnen war, und eine Sozialpädagogin, die immer dann, wenn der Vorsitzende eine Entscheidung zur Abstimmung stellte, sich meldete und noch eine Frage zur Sache stellte, die bereits einige Minuten vorher beantwortet worden war. Unter den sieben Männern waren zwei ältere Juristen, denen die Synode aus unerfindlichen Gründen ein klareres Urteil als den Vertretern anderer Professionen zugetraut hatte, zwei Superintendenten, die damit ihren nächsten Karriereschritt in Richtung Probstei oder Landeskirchenamt vorbereiten wollten, ein Pfarrer, der gewohnheitsmäßig die Notwendigkeit von Dienstwagen für die Oberkirchenräte und den Bischof infrage stellte, da diese auch nicht mehr arbeiten würden als die Pfarrer, die keine Dienstwagen mit

Chauffeur hätten, ein Vertreter der landeskirchlichen Gemeinschaften, der wiederholt die Rechtgläubigkeit von Bischof Dr. Martin nach dessen Andachten angemahnt hatte und schließlich ein leitender Angestellter eines großen Industrieunternehmens, der in regelmäßigen Abständen den Kopf über die bürokratische Struktur der Kirche schüttelte. Mochte man beim Betrachten der einzelnen Mitglieder dieses Gremiums Zweifel an dessen Handlungsfähigkeit bekommen, so zeigte sich hier wieder einmal, dass das Ganze mehr als die Summe seiner Teile sein konnte. Es lief gar nicht schlecht mit diesem Landessynodalausschuss.

Heute saß ihm Oberkirchenrat Steufel in Vertretung des verstorbenen Bischofs vor. Es war eine wichtige Sitzung für ihn. Er musste diese Menschen in diesen Stunden für sich gewinnen und zugleich die neue Linie deutlich machen, nach der er die Kirche zu führen gedachte. Es sollte für jeden etwas dabei sein, aber für keinen zu viel, damit man ihm keine Einseitigkeit vorwerfen könne. Denn mehrheitsfähig war man nur, wenn man die Kunst verstand, nach allen Seiten Wasser zu tragen.

Er erwies sich als sensibler und pietätvoller Geistlicher, als er um eine Gedenkminute für den verstorbenen Bischof bat. Psalm 1 tat auch hier seine Dienste. Die beiden Frauen und der Vertreter der landeskirchlichen Gemeinschaften fühlten sich bei ihm gut aufgehoben. Er zeigte sich als Kirchenführer mit Visionen, als er die Idee eines Kirchentages für die ganze Landeskirche ins Gespräch brachte. Die Superintendenten freuten sich, der Industriemanager sah endlich einmal ein zielorientiertes Arbeiten in der Kirche. Im Falle des Pfarrers Heiser, der wegen der sexuellen Be lästigung seiner Küsterin rechtskräftig verurteilt worden war, beantragte er die Entlassung aus dem kirchlichen Dienst. Die Juristen freuten sich über eine klare Entscheidung anhand klarer Kriterien ohne die bei den Theologen sonst so übliche Bedenklichkeit. Der Pfarrer war noch nicht zum Zuge gekommen, begann aber ein gewisses Wohlbefinden zu entwickeln, als es im Folgenden um die mögliche Versetzung eines leitenden Geistlichen ging.

„Ich möchte sie, was den folgenden Tagesordnungspunkt betrifft, zunächst nur vorab informieren. Ich habe die Angelegenheit meinem Kollegen Meyer übertragen, der Ihnen auf der nächsten Sitzung einen Entscheidungsvorschlag vorlegen wird. Es handelt sich um den Fall unseres Landesdiakoniepfarrers Bernhard Helfer. Er ist vor zwei Wochen rechtskräftig geschieden worden, und wir haben nun die Frage zu entscheiden, ob er auf seiner Stelle verbleiben darf oder ob es unter den gegebenen Umständen besser ist, ihm eine andere Stelle nahe zu legen oder ihn gar zu versetzten."

Oberkirchenrat Fritz Meyer wurde es heiß und kalt zugleich. Er hatte gehofft, in dieser Angelegenheit noch etwas Zeit zu haben. Es gab keine Notwendigkeit, eine solche Entscheidung innerhalb von vier Wochen zu fällen. Seiner Meinung nach sollte man damit bis nach der Bischofsneuwahl warten. Aber als er die Gesichter der beiden Juristen sah, wusste er, dass ein Vorstoß in diese Richtung sinnlos sein würde.

Diese beiden Herren kräuselten unisono die Stirn. Die für den Fall der Scheidung eines Pfarrers vorgesehene Regelung war von jener für die Kirche typischen Unentschiedenheit, die sie immer wieder beanstandeten. Man sollte klare Vorschriften schaffen. Entweder wird nach einer Scheidung automatisch versetzt oder aber die Angelegenheit hat überhaupt keine dienstlichen Konsequenzen. Aber die geltende Regelung des Pfarrerdienstgesetzes bedeutete eine Entscheidung in jedem Einzelfall. Man sollte die Sache schnell hinter sich bringen.

„Können wir die Angelegenheit nicht heute entscheiden?" fragte deshalb der Ältere von den beiden.

„Ich nehme an, Oberkirchenrat Fritz Meyer ist noch nicht genügend präpariert", sagte Oberkirchenrat Steufel, „aber in vier Wochen wird dies sicher der Fall sein."

Nun runzelten der Vertreter der landeskirchlichen Gemeinschaften und die pensionierte Grundschullehrerin die Stirnen. Bei Oberkirchenrat Fritz Meyer war diese Angelegenheit wahrlich nicht in guten Händen, war er doch selbst geschieden. Die ganze Landeskirche kannte die Geschichte seines Ehebruchs und seiner Wiederverheiratung.

Es war an einem Samstagnachmittag im Tennisclub gewesen, als Fritz Meyer seine spätere zweite Frau Irmtraud kennenlernte. Er hatte gerade seinen MX 5 auf dem Parkplatz abgestellt und war mit einem Freund ins Clublokal gekommen. Ein MX 5 für einen Mann Mitte Vierzig fand Irmtraud Strifler nicht ganz angemessen, vielleicht schnell genug, aber eigentlich zu klein und vor allem zu japanisch. Auch den Freund fand sie nicht sonderlich passend, ein etwas zu wohlbeleibtes Clubmitglied, dem man aber zu Gute halten musste, dass er für sein Gewicht flott Tennis spielte. Den Mann selbst aber fand sie interessant, noch nicht so dick wie der andere, die Jeans vielleicht einen Hauch zu eng, aber die Art und Weise, wie er die junge Frau hinter dem Tresen anlächelte, hatte schon etwas Charmantes. Sein lichtes Haar und die Falten im Gesicht gaben ihm zudem einen unendlich vertrauenswürdigen Zug. Sie konnte nicht direkt sagen, dass er sie an ihren Vater erinnerte, aber selbst, wenn dem so gewesen wäre, hätte sie diesen Gedanken nicht zugelassen.

Sie fand diesen Kerl interessant, und es war ihr Glück, dass die Freundin, mit der sie sich hier nach dem Spiel und dem Duschen noch ein wenig entspannte, jenes wohlbeleibte Clubmitglied kannte, sodass es nicht schwer war, mit beiden ins Gespräch zu kommen.

Irmtraud Strifler stellte mit Freude fest, dass jener Mann sie ebenso charmant anlächelte wie die Bedienung hinter dem Tresen, obwohl die ihr die schlankere Figur und die blonderen Haare voraushatte. Aber auch Irmtraud Strifler hatte ihre Reize und stelle sich in Positur. Ja, sagte er, er könne Tennis spielen, selbstverständlich. Ob man es denn morgen einmal zusammen oder besser gegen einander versuchen sollte, fragte sie weiter. Warum nicht, gab er zurück, und was man anschließend machen wolle? Nun, sie machten anschließend das, was man nach dem Tennisspielen tunlichst machen sollte, sie duschten. Allerdings nicht im Club, sondern bei ihr zu Hause und zusammen. Fritz Meyer hatte deshalb kurzfristig die Teilnahme an der Pfarrkonferenz abgesagt, und er war sich sicher, dass er den Nachmittag auf diese Weise wesentlich prickelnder zugebracht hatte.

Irmtraud Striflers Kampfgeist erwachte, als sie davon erfuhr, dass er verheiratet war. Für Fritz

Meyers erste Frau war diese Irmtraud das letzte Glied in einer Kette von Seitensprüngen, mit der sie ihn nun am liebsten erwürgen wollte, sich aber dazu entschloss, sich ihr Schweigen gegenüber der kirchlichen Öffentlichkeit durch ansehnliche Unterhaltszahlungen versüßen zu lassen.

So duschten Irmtraud und Fritz nach zwei Jahren als Ehepaar miteinander, aber dann immer öfter lieber allein. Irmtraud Meyer wusste um die Gefahren, denen ihr Mann beim Anblick einer Frau ausgesetzt war und versuchte auf der einen Seite einen gewissen grundsätzlichen Zustand von satter Zufriedenheit durch die Zufuhr ansehnlicher Mengen von Kalorien zu erreichen und andererseits seine Umgebung sorgfältig im Blick zu halten.

Diese Geschichte hatte man sich damals über Monate hinweg immer wieder in der Landeskirche erzählt. Sie galt allgemein als verbürgt, hatte doch Fritz Meyer selbst sie immer wieder zum Besten gegeben. Als er dann den Posten eines Oberkirchenrates ins Auge fasste, legte er sich tunlichst eine Schweigezeit auf. Trotzdem war es letztlich nur Glück, dass er gewählt wurde. Sein Mitbewerber war am Tag der Wahl stark erkältet und konnte sich nicht gut präsentieren, sodass viele Synodale dachten, lieber ein geschiedener Oberkirchenrat als ein verschnupfter.

Gerade als OKR Fritz Meyer zu einer Erklärung anheben wollte, klopfte es an der Tür und Frau König trat mit hochrotem Kopf ein.

„Was wollen Sie?" fragte Steufel unwirsch.

„Entschuldigen Sie bitte, Herr Vizebischof, aber das sind zwei Herren von der Polizei, die Sie dringend sprechen wollen."

9

Das Archiv lag im Untergeschoss des Gebäudeflü-
gels, in dem auch die Garage für die Dienstwagen un-
tergebracht war. Da sich das Landeskirchenamt auf einem Berg befand, brauchte man selbst bei stärksten
Regenfällen keine Angst vor eindringendem Wasser zu
haben. Die Räume hatten den Charme einer Souter-
rainwohnung. Die Fenster hingen unter der Decke,
und wenn man längere Zeit hier gearbeitet hatte,
dann entwickelte man die Fähigkeit, die Menschen an
ihrem Schuhwerk und ihrem Gang zu unterscheiden,
denn mehr konnte man von ihnen beim Blick aus
dem Fenster nicht erkennen. Als Dr. Judith Engel das
Archiv betrat, wäre sie fast über den Karton mit ihren
Sachen gefallen. Agricola hatte ihn von Melanie Honig
hierher bringen zu lassen.

Das Archiv war eigentlich nicht mehr als ein lan-
ger Gang, von dem rechts und links in regelmäßigen
Abständen Türen abgingen. Der Gang war breit und
hoch und erinnerte an den Flur in einem Schulhaus.
Es gab kein Fenster, aber durch die Leuchtstoffröhren
an der Decke war er taghell erleuchtet. Die Wände
waren in einem hellen Beigeton gehalten und gaben
dem Ganzen eine warme Atmosphäre. Zwischen den
Türen standen Bänke, die sich beim näheren Hinsehen
als alte Kirchenbänke herausstellten. Auf einigen lagen
Akten und Bücher, aber zwei waren offenbar für Besucher freigehalten. An beiden Seiten des Ganges waren jeweils genau zwischen den Türen Wandleuchter
mit halb abgebrannten Kerzen befestigt. Dazwischen
hingen wie willkürlich verteilt Bilder in den verschie-
densten Größen und den unterschiedlichsten Rahmen.

Ganz am Ende des langen Ganges befand sich in einem pompösen kitschigen Goldrahmen eine große Darstellung, die Judith Engel nicht erkennen konnte. Sie schob den Karton mit einem Fuß beiseite, ging den Gang langsam hinunter und schaute sich um. Gleich neben dem Eingang hing ein Weihwasserbecken, aber als sie hineinfasste, stellte sie fest, dass es leer war. Sie betrachtete die Bilder. Da hing ein segnender Christus auf einem Stahlstich des Schnorr von Carolsfeld aus dem neunzehnten Jahrhundert neben der Reproduktion einer mittelalterlichen Höllendarstellung, das Foto eines Grabsteines neben einem alten Konfirmationsschein, die Kandidatenliste einer Presbyteriumswahl aus dem Jahre 1933 neben einer Darstellung des Guten Hirten, ein Plakat mit der Barmer Theologischen Erklärung neben der Liste der deportierten Juden aus einer Stadt der Landeskirche, die Predigt Adolf von Harnacks zum Beginn des Ersten Weltkrieges neben einem Stammbaum aus dem achtzehnten Jahrhundert und die Todesanzeigen eines Bischofs neben dem Einberufungsbefehl für einen Pfarrer im Zweiten Weltkrieg. Die Zuordnung der einzelnen Bilder und Dokumente erschien zufällig und doch bei näherem Hinsehen als ganz bewusst gewählt.

Sie ging den Flur entlang mit seinen Türen, auf denen der Inhalt der dahinter liegenden Archivräume vermerkt war, und blieb vor dem Bild mit dem kitschigen Rahmen am Ende des Ganges stehen. Es handelte sich um ein Poster, eigentlich eine Fotografie und die schwülstige Einrahmung passte so gar nicht zum Inhalt. Es war das Foto einer Mauer, einer Hauswand wahrscheinlich, auf der man das Schild mit dem Straßennamen befestigt hatte. „Vaterunsergasse" stand da, und mit schwarzer Farbe hatte jemand darunter auf die Mauer geschrieben „Mutterunserboulevard".

Wo bin ich hierhin geraten, dachte Dr. Judith Engel und lachte.

„Wie gefallen Ihnen meine Katakomben?" Die Stimme kam von hinten, und als Dr. Judith Engel sich umdrehte, sah sie an anderes Ende des Ganges einen Mann in Bluejeans und kariertem Hemd, von dessen Haaren nur noch ein grauer lockiger Kranz übrig war und den sie auf circa vierzig Jahre schätzte.

„Ein wenig chaotisch, aber ganz charmant", antwortete sie.

„Variatio delectat, Abwechslung macht Freude", gab Dr. Wagner zurück. „Sie sind also mein neuer Mithäftling."

„Mithäftling?" Sie schaute ihn fragend an.

„Es ist seit alten Zeiten üblich, den Verdammten die untersten Gefilde zuzuweisen", erwiderte Wagner und zog mit einem Blick zur Decke das Genick ein. „Pulvis et umbra sumus – Staub und Schatten sind wir."

„Steufel hat mich bei ihnen angemeldet?" fragte Judith Engel.

„Er sagte, ich solle Ihnen ein Plätzchen frei räumen, weil er ihr Büro bräuchte. So habe ich schnell ein paar Akten verbrannt und einen Tisch aufgestellt."

„Gibt es außer Ihnen hier unten noch andere Lebewesen?" Wagners eigentümlicher Stil wirkte ansteckend auf Judith Engel.

„Zurzeit wahrscheinlich nicht, die Mäuse und meine Sekretärin haben Urlaub, die Mücken und Wanzen sind alle aus Mangel an Nahrungsmitteln verschieden, den Holzböcken haben wir jahrelang erfolgreich nachgestellt. Sie werden mit mir vorliebnehmen müssen."

„Danke, ich habe gerade erst gefrühstückt, vielleicht komme ich später auf das Angebot zurück", lächelte Judith Engel. „Zeigen Sie mir doch einmal ihr unterirdisches Reich."

„Erzählen Sie mir doch erst einmal, was Ihnen die Ehre eingebracht hat, in des Steufels Ungnade zu fallen, nachdem Bischof Dr. Martin sie zunächst auf die ersten Sprossen der Karriereleiter gestellt hatte."

„Ich denke, das eine ist die Ursache des anderen, und mit dem Tod des Königs fallen auch seine Günstlinge in Ungnade. Da das Ermorden unmodern geworden ist, beschränkt man sich heute auf das Versetzen."

„Iniqua nunquam regna perpetuo manent – ungerechte Herrschaft regiert nicht ewig. Vielleicht warten Sie hier in diesen Gemächern, bis sich das Schicksal wieder zum Günstigen gewendet hat. Wenn man sie nicht vergisst, so wie mich." Dr. Wagner zuckte mit einem gespielten Bedauern die Schultern.

„Ich mache Ihnen einen Vorschlag: Sie bieten mir eine Tasse Kaffee an und erzählen mir, wie Sie den Abstieg in dieser Unterwelt geschafft haben."

„Hier unten gibt es nur Tee, aber wenn Sie damit vorliebnehmen, dann gehe gerne auf Ihr Ansinnen ein." Wagner wies mit einer Hand auf die Tür, aus der er gekommen sein musste, und Judith Engel folgte ihm in sein Reich.

Dem Büro von Dr. Wagner fehlte die Verspieltheit, mit der er den Gang des Archivs eingerichtet hatte. Zwei Computer mit der neusten Bildschirmgeneration, eine Sitzecke mit Stahlrohrmöbeln, Regale mit Disketten und Kompaktdiscs, wenig Papier, den Tee füllte er in zwei Designertassen.

„Gelernt habe ich die Jurisprudenz, ein wenig Theologie habe ich auch studiert. Die beiden Wissenschaften und ihre Vertreter sind sich doch ziemlich ähnlich. Zwei Theologen, drei Meinungen – bei zwei Juristen können es auch schon einmal vier Meinungen sein. Am Ende eines Jurastudiums stellt man sich die Frage, wie es weitergehen soll. Will man dafür sorgen, dass die Verbrecher ihre Strafe bekommen, oder will man sich darum kümmern, dass sie zu ihrem Recht kommen. Werde ich Notar, lese mir den Mund fusselig und kassiere mein Geld fürs Unterschreiben, oder mache ich mich zum willfährigen Diener eines finanziell potenten Unternehmens und versuche, dessen Interessen so gewitzt wie möglich durchzudrücken. Am Ende habe ich keinen dieser Wege gewählt und von der Kirche anheuern lassen. Das war vor fünfzehn Jahren.

Vor zehn Jahren wollte der Personaldezernent, Oberkirchenrat Steufel, einige Änderungen im Pfarrerdienstgesetz vornehmen. Ein Teil davon war sinnvoll, ein anderer hatte lediglich das Ziel, die Macht des Personaldezernenten über die Pfarrer auszubauen. Der Gesetzesentwurf war im Kollegium des Landeskirchenamtes äußerst umstritten, bei einigen Punkten zogen die anderen nicht mit. Steufel pokerte hoch und pries diese Veränderungen als wichtigen Schritt zu einer effektiveren Personalverwaltung in der Kirche an. Als die Sache soweit war, dass sie dem Landessynodalausschuss vorgelegt werden musste, brauchte Steufel juristische Schützenhilfe. Weil die anderen nicht mitzogen, suchte er sich mich als den Jüngsten aus, nahm mich vor der Sitzung eine Stunde ins Gebet und gab mir die Anweisung, gerade die umstrittenen Passagen als rechtssystematisch unumgänglich darzustellen. Der Streit im Landessynodalausschuss entzündete sich dann an der Passage, wonach es dem Personaldezernenten möglich sein solle, einen Pfarrer oder eine Pfarrerin zu versetzten, wenn der Verdacht auf Mängel in der Pflichterfüllung vorläge. Das war im Grunde ein Ermächtigungsgesetz, denn einen Verdacht kann man immer haben, begründet oder unbegründet, und selbst der begründete Verdacht kann sich am Ende als falsch erweisen. Irgendein geordnetes Verfahren war nicht vorgesehen.

Als die Widerstände in der Sitzung groß wurden, sagte er den Mitgliedern des Gremiums, dass ich ihnen die rechtssystematische Notwendigkeit dieser Passage darlegen würde. Als ich dann ausführte, dabei handele es sich im Grunde um ein rechtlich problematisches Ermächtigungsgesetz, war der Krach da und die Gesetzesvorlage gestorben. Am Morgen nach der Sitzung kam Steufel zu mir und sagte, dass er nun zwar kein neues Gesetz habe, ich aber dafür einen neuen Job, und weil man Beamte nicht so leicht entlassen, aber umso leichter versetzen könnte, wies er mich in diese Katakomben ein. Auf Lebenszeit. Die alte Archivarin ging kurze Zeit später in den Ruhestand, und seitdem schalte und walte ich ungestört in diesen Räumen. Von den hohen Herren war in den letzten sechs Jahren keiner hier unten, wenn die etwas wollen, bringe ich es ihnen hoch oder sie schicken ihre Vorzimmerdamen.«

Judith Engel hatte ihm zugehört und war dabei zu dem Schluss gekommen, dass sie erstens einen Leidensgefährten gefunden hatte und dass sie zweitens in Zukunft lieber bei Kaffee bleiben werde. „Bischof Dr. Martin hat ihnen nie hier herausgeholfen?" fragte sie mit einem leichten Unterton von Mitleid in der Stimme.

„Nun, zum einen gilt das Dezernatsprinzip, der Bischof ist nicht für die Juristen zuständig, auch nicht für das Archiv. Das fällt in die Zuständigkeit von Dr. Stein." Wagner schlürfte genießerisch den letzten Schluck Tee aus seiner Tasse. „Ich habe mich auch nicht gewehrt. So schlecht ist es hier unten nicht. Ich habe meine Freiheiten, und außerdem bin ich nicht der kämpferische Typ."

„Ich werde mich wehren, aber bevor die Schlacht beginnt, werde ich erst einmal die Bataillone aufstellen. Das braucht Zeit." Dr. Judith Engel besann sich auf ihre alten Stärken, die in der Geduld und Zähigkeit lagen und in der Fähigkeit, den rechten Moment zum Handeln abzuwarten.

„Sie werden mich also nicht so schnell los." Sie lächelte ihn charmant an. „Und somit wird es mit der Ruhe wohl auch vorbei sein. Die erste Neuerung wird die Anschaffung einer Kaffeemaschine sein!"

10

Die Vorzimmerdame von Oberkirchenrat Steufel hatte sich eine Viertelstunde nach Arbeitsbeginn krankgemeldet. Die Bischofssekretärin Marliese König, jetzt nur noch die Sekretärin des Vizebischofs, aber guter Hoffnung, dass sich dies bald wieder ändern werde, lief schluchzend und mit roten Augen über den Flur in Richtung Damentoilette.

Steufel hatte es innerhalb von dreißig Minuten geschafft, zwei Frauen an den Rand der Verzweiflung zu bringen. Gelungen war ihm dies, weil er selbst einem Nervenzusammenbruch nahe war. Er war brüllend in sein Vorzimmer gestoben und hatte gefragt: „Haben Sie das nicht verhindern können?" Ulrike Engelhardt, seit fünf Jahren seine mehr oder weniger ergebene Mitarbeiterin, die es inzwischen aufgegeben hatte, sich zu fragen, wer diesen Mann auf diesen Posten gehievt hatte, wusste weder, was er meinte, noch wie ihr geschah.

Der Arbeitstag hatte wie jeder andere begonnen, sie war vor ihm im Büro gewesen, arbeitete die Wiedervorlage auf und legte seinen Teil wohlsortiert auf seinen Schreibtisch, dazu die Tageszeitung, nahm sich ihren Teil der Unterlagen vor und plante die Arbeit für den Tag, rief bei ihrer Freundin im Dezernat von OKR Dr. Stein an, erkundigte sich nach dem Neusten, wovon es nicht viel gab, außer dass deren Sohn wieder einmal erst mitten in der Nacht nach Hause gekommen war, schaute sich den Speiseplan der Kantine an und warf den Computer an. Oberkirchenrat Steufel war mit dem üblichen kurzen Gruß in seinem Zimmer verschwunden und plötzlich wenige Minuten später laut schreiend in das Vorzimmer gekommen, hielt ihr die Zeitung so nahe vors Gesicht, dass sie nichts erkennen konnte und brüllte sie an: „Haben Sie das nicht verhindern können?" Als sie nicht antwortete, brüllte er noch ein weiteres Mal: „Ich habe sie etwas gefragt! Haben Sie das nicht verhindern können?"

Vor Schreck über diesen furiosen Auftritt verschlug es ihr zunächst die Sprache. Als er sie aber ein drittes Mal mit denselben Worten anbrüllte, fragte sie mit zittriger Stimme: „Wovon reden Sie?"

„Davon!" brüllte er weiter und hielt ihr die Zeitung noch näher vor das Gesicht. „Ich habe schon seit Jahren das Gefühl, dass Sie meine Arbeit hintertreiben. Geben Sie es zu! Ich habe immer schon vermutet, dass Sie hinter meinem Rücken über mich reden. Geben Sie es zu, Sie haben davon gewusst und es mir nicht gesagt."

Ulrike Engelhardt hatte ihren Chef so noch nie erlebt, das Gesicht hochrot und verzerrt wie eine dämonische Fasnachtsfratze. Sie hatte ihn schon mit beißender Ironie reden gehört, auch mit schneidender Kürze und Deutlichkeit, manche Pfarrerin – und gelegentlich auch ein Pfarrer – war mit Tränen in den Augen aus seinem Zimmer gekommen, aber gebrüllt hatte er noch nie. Sie hatte Angst, er würde gleich losschlagen. Als er zum dritten Mal anhob zu brüllen, stieß sie hervor: „Ich bin heute nur gekommen, um zu sagen, dass ich dringend zum Arzt muss und um mich krankzumelden."

Ulrike Engelhardt meldete sich selten krank, denn sie war fast nie krank, und wenn sie sich krankmeldete, dann in der Regel ohne einen triftigen Grund. Krankmeldung war für sie der letzte Ausweg, wenn sie nicht mehr weiterwusste, wenn ihr einfiel, dass sie eine wichtige Arbeit nicht getan hatte, die bis zu dem Tag fertig sein musste, wenn ein Anruf aus der Schule ihres Sohnes kam, dass er wieder einmal ein Kind aus der ersten Klasse geschlagen hatte oder wenn sie genau merkte, dass sie, wenn sie jetzt nicht gehen würde, in Tränen ausbrechen und losheulen würde – so wie an diesem Tag. Sie stand auf, nahm ihre Handtasche und verließ das Zimmer. An ihrem Wagen angekommen holte sie erst einmal tief Luft. Sie wusste nicht, was ihr Chef wollte. Sie bereute es, dass sie wieder einmal zu träge gewesen war, die Zeitung zu lesen.

Marliese König hatte die Zeitung gelesen und hatte sich fast ein wenig gefreut. Endlich mal ein Artikel über die Kirche in einem freundlichen Ton. Deshalb war sie aber nicht besser darauf vorbereitet, was sie erwartete, als Oberkirchenrat Steufel in ihr Zimmer preschte. Der hatte sich plötzlich in einem leeren Vorzimmer wiedergefunden und hatte kein Objekt mehr, an dem er seinen schier endlosen Zorn auslassen konnte. Es musste sich um eine Verschwörung handeln, eine Intrige, von der alle um ihn herum wussten, nur er nicht, ein Komplott gegen ihn. Die König, diese eingebildete Kuh, gehörte mit Sicherheit auch dazu. Die sollte ihn nun aber kennenlernen. Die sollte gleich wissen, welche Musik hier gespielt würde, wenn er erst einmal den Ton anzugeben hätte.

„Wie kommen Sie dazu, Frau König, so frage ich Sie, bei einer derartigen Verschwörung gegen mich mitzumachen?" Er knallte ihr die Zeitung auf den Tisch und zeigte auf einen Artikel, aus dessen Überschrift Marliese König auf die Schnelle nur die Wörter

„Dr. Judith Engel" erkennen konnte. Sie schaute ihn erstaunt an. Hochrot war er immer noch, sein Gesicht hatte nach wie vor wenig Ähnlichkeit mit ihm, zudem saß jetzt die Krawatte schief, der Hemdkragen war halb geöffnet und das Sakko hing nur auf einer Schulter. Er hatte sich unbedingt Luft machen müssen und, um nicht in dieselbe zu gehen, an seiner Kleidung herumgezerrt.

So etwas hatte sie noch nicht erlebt. Nie war es ihr passiert, dass jemand auf diese Weise mit ihr gesprochen hatte, kein Bischof und auch kein Oberkirchenrat. Ihre ganze Haltung fiel innerhalb von Sekunden in sich zusammen, sie versuchte Luft zu holen, brachte keinen Ton heraus, starrte Steufel an und rannte auf den Flur.

Nun stand Steufel ein weiteres Mal allein da und wusste nicht wohin mit seiner Wut. Er ging in den Sitzungsraum des Kollegiums, lief auf und ab wie ein Tiger im Käfig, nahm immer wieder die Zeitung, las einige Zeilen, legte das Blatt zurück, raufte sich die Haare, schaute ab und zu aus dem Fenster auf die kleine Stadt hinunter und versuchte zur Ruhe zu kommen. Es gelang ihm nicht. Schließlich ging er zu dem Schrank in der dunklen Ecke des Zimmers, der ihm schon seit einigen Minuten immer wieder durch den Kopf gegangen war, den er eigentlich nicht öffnen wollte, um nicht gegen einen seiner ehernen Grundsätze zu verstoßen, kam aber schließlich zu dem Schluss, dass die außergewöhnliche Situation dies rechtfertige, öffnete den Schrank, nahm die Flasche mit dem Cognac und schenkte sich ein großes Glas ein, das er ohne Absetzen leerte.

Dr. Wagner hatte in der Stille seines Arbeitszimmers mit der Lektüre des Zeitungsartikels begonnen, während das Wasser in der Teemaschine zum Kochen gebracht wurde. Ein selten positiver Artikel zu kirchlichen Fragen, dazu könne man Dr. Judith Engel und Oberkirchenrat Dr. Stein nur gratulieren. Zur Feier des Tages werde er sich damit versuchen, seine neue Kollegin mit einer Tasse Kaffee zu begrüßen, gab zwei gehäufte Löffel Kaffeepulver in den Filter, noch einen weiteren für die Kanne dazu, füllte Wasser für vier Tassen in den durchsichtigen Behälter und drückte den Schalter.

Der Artikel war von einer Journalistin aus der Zentralredaktion geschrieben worden, Katia Bechstein stand im Untertitel. Vielleicht war er deshalb so frauenfreundlich. Auch der danebenstehende Kommentar mit dem Kürzel ‚Kab' musste von ihr stammen. Es war ein typischer Artikel, wie er beim Wechsel auf einem Posten mit einer gewissen Öffentlichkeitswirksamkeit regelmäßig erschien. Dr. Judith Engel wurde vorgestellt, ihre bisherige Laufbahn dargestellt, sie wurde als neue persönliche Referentin des Bischofs präsentiert, die ihren Dienst just am Tage seines rätselhaften Todes angetreten hatte. Nicht verschwiegen wurde, dass sie schon am dritten Tag ihres Dienstes einen anderen auf ihrem Schreibtischstuhl vorfand und dass der Stellvertreter des Bischofs, Oberkirchenrat Steufel, sie ins Archiv versetzt hatte. Der Artikel war in einem völlig sachlichen Ton gehalten, nichts wurde ausgeschmückt, nichts wurde weggelassen, nicht die Scheidung von Pfarrerin Engel, aber auch nicht Steufels Versetzungsaktion.

Deutlicher wurde der Kommentar. Zunächst einmal wurde die Personalentscheidung des verstorbenen Bischofs als mutig und zukunftsweisend bezeichnet. Dann wurde darauf hingewiesen, dass die Umstände seines Todes immer noch nicht geklärt worden seien und die Polizei Oberkirchenrat Steufel zwei Tage zuvor vernommen habe. Anschließend wurde gefragt, was eine derartige Versetzungsaktion über Steufel Aussage und was man in den nächsten Wochen seiner interimistischen Verwaltung des Bischofsstuhles noch zu erwarten habe. Zum Schluss wagte Frau Bechstein einen Blick in eine, wie sie wohl meinte bessere, Zukunft der Kirche. Sie qualifizierte Dr. Judith Engel als eine Geistliche, die für Führungsaufgaben in besonderer Weise qualifiziert zu sein schien und von der man noch einiges erwarten durfte, wenn wohl auch noch nicht bei der nun anstehenden Bischofswahl, dann wohl aber bei der nächsten.

Wagner war stolz auf seine Kollegin. Zur Feier des Tages hätte er sich gerne einen Cognac genehmigt, aber leider hatte er so etwas nicht in seinen Katakomben. Dafür hielt er Judith Engel eine Tasse seines selbst gebrauten Kaffees entgegen, als sie in sein Zimmer trat und begrüßte sie mit: „Gratuliere!" Judith Engel nahm die Tasse, schaute hinein und sagte: „Riecht wie Kaffee, sieht aus wie Tee." besah sich den Kaffeefilter und sagte: „Multum, non multa, Herr Kollege, beim Kaffee darf man nicht mit dem Pulver sparen. Aber Übung macht den Meister, morgen wird er schon besser sein." Sie lachte und stieß mit ihm an.

Die beiden gingen gemeinsam den Zeitungsartikel durch, diskutierten darüber, was Steufel dazu sagen werde, welche Formulierungen man Judith Engel zum Nachteil auslegen könnte, welche Reaktionen in der Öffentlichkeit zu erwarten wären.

„Jetzt hat's den Steufel erwischt." Wagner triumphierte. Er war sich sicher, dass Steufel nicht unbeschadet aus der Sache herauskäme.

„Man soll den Tag nicht vor dem Abend loben, um es einmal mit einem deutschen geflügelten Wort zu versuchen", dämpfte Judith Engel seine Begeisterung. „Steufel hat durchaus eine Hausmacht in der Synode hinter sich. Außerdem ist er ein geschickter Taktiker. Er versteht es in der Regel, allen wohl und niemand wehzutun, jedenfalls was die Leute mit Einfluss betrifft. Die anderen sind ihm egal, kleine Pfarrerinnen wie ich zum Beispiel."

Judith Engel schüttete des restlichen Kaffee aus Kanne und Tasse in die Spüle der Schrankküche und setzte neuen Kaffee auf. „Wenn Sie mir zuschauen, können Sie übrigens einiges über die höheren Weihen des Kaffeekochens lernen, Herr Kollege."

„Aber dieser Zeitungsartikel kann ihm doch nur schaden, abgesehen davon, dass Sie so gut wegkommen, dass ihn allein das verdammt ärgern muss."

„Warten wir es ab. Es gibt Leute, die werden argumentieren, es sei sein gutes Recht, sich einen Assistenten nach seinem Geschmack zu suchen. Fabian Agricola hat zwar einen schlechten Charakter, aber er ist nicht dumm und theologisch durchaus beschlagen. Anderen wird es gefallen, dass dem Liberalismus von Bischof Dr. Martin endlich ein Ende gemacht wird. Die Kirche muss mit der Zeit gehen, aber sie darf ihre eigenen Fundamente nicht infrage stellen, und dazu gehören Ehe und Familie. Eine geschiedene Pfarrerin, alleinerziehende Mutter zudem, als persönliche Referentin des Bischofs, eine solche Personalentscheidung stellt diese Fundamente jedoch in Frage. In einer unsicheren Zeit suchen die Menschen nach Vorbildern mit traditionellen Werten. Steufel könnte das sein."

In den Augen Dr. Wagners war Judith Engel ein wenig zu vernünftig und klarsichtig. Aber sie hatte recht. „Was ist eigentlich bei der Untersuchung des Todes von Dr. Martin herausgekommen. Bis hier in meine Gruft ist noch nichts vorgedrungen."

„Auch die draußen am Licht wissen wohl noch nicht mehr. Dr. Stein hat die Untersuchungen von unserer Seite forciert, auch auf Wunsch des Büros des Ministerpräsidenten. Steufel ist alles andere als begeistert, aber er darf sich nicht dem Verdacht aussetzen, dass er die Untersuchungen behindere. Im Moment seht es so aus, als sei er der Einzige, der von Martins Tod profitiere. Nun kann er sich, zumindest vertretungsweise, auf den Bischofsstuhl setzen." Judith Engel kontrollierte mit einem Blick die Kaffeemaschine.

„Cui bono, das haben schon die alten Römer gefragt. Wem zum Nutzen war der Tod. Da gibt es doch sicher Erben", mutmaßte Wagner.

„Ich glaube nicht, dass da viel zu holen sein wird. Dr. Martin kam aus kleinen Verhältnissen. Seine Frau hat jetzt nur noch das Witwengeld, deutlicher weniger als die Bezüge eines lebenden Bischofs. Finanziell wird sich der Tod für sie nicht gelohnt haben."

„Eine Lebensversicherung vielleicht?!"

„Welcher Beamte schließt schon eine große Lebensversicherung ab. Nein, das glaube ich nicht. Außerdem kenne ich Frau Martin. Die beiden waren ein Herz und eine Seele."

„Wie einst die Christen in Jerusalem. Ich glaube nicht so recht an so was."

„Das hätte ich von einem alten Junggesellen auch nicht erwartet", konterte Judith Engel.

Dr. Wagner versteckte sich hinter seiner Teetasse. „Was haben die Untersuchungen der Polizei ergeben? Wissen Sie davon etwas?"

„Ich weiß nichts davon. Steufel redet sowieso nicht mit mir. Darüber redet er wohl mit niemandem. Vielleicht weiß Dr. Stein etwas. Er hat schließlich das Geschirr sichergestellt."

„Das auf Geheiß von Steufel schon gewaschen worden war."

Judith Engel nickte. „Aber es wird untersucht. In zwei Tagen spätestens müssten die Ergebnisse vorliegen."

Wagner griff noch einmal zur Zeitung und begann darüber zu philosophieren, in welchen Rahmen er diesen Artikel platzieren würde, um ihn dann im Flur an passender Stelle aufzuhängen, Judith Engel nahm sich einen Pot Kaffee mit viel Milch und Zucker und wollte sich gerade in ihre Arbeitskemenate zurückziehen, die sie und Wagner am Vortag eingerichtet hatten, als das Telefon klingelte und sie zu Dr. Stein gerufen wurde.

11

Steufel hatte sich wieder beruhigt. Der Cognac tat seine Wirkung, ihm wurde schlecht, er zog sich in sein Büro zurück und ließ sich von einer der Tippsen Kaffee bringen, nahm zwei Stunden lang das Telefon nicht ab und versuchte mühsam, seine Gedanken zu ordnen. Er hatte ganz offensichtlich überreagiert und konnte nur hoffen, dass die beiden Frauen den Mund hielten. Zu erwarten war das allerdings nicht. Er müsse sich etwas einfallen lassen. Frau Engelhardt war sicher nicht das Problem. Sie würde am nächsten, spätestens am übernächsten Tag wieder da sein, von ihrer fiktiven Krankheit genesen. Bei wem sollte sie sich beschweren, einen Bischof gab es nicht und bei den Kollegen würde sie kein Ohr finden. Trotzdem sollte er sich überlegen, ob er ihr nicht eine Abmahnung schreiben, nein besser diktieren sollte, falls sie ohne Bescheinigung über einen Arztbesuch zurückkäme.

Bei Marliese König könnte es schwieriger werden, sie kannte zu viele einflussreiche Menschen. Aber beliebt hatte sie sich mit ihrer arroganten Art nicht gemacht. In diesem Fall wäre Angriff die beste Verteidigung. Er würde ihr sagen, dass sie ihn als Stellvertreter des Bischofs selbstverständlich über alle Pressekontakte zu unterrichten habe. Und falls sie leugnen sollte, von diesem Interview gewusst zu haben, was vermutlich den Tatsachen entsprach, dann würde er ihr Pflichtverletzung vorwerfen, denn Öffentlichkeitsarbeit sei Chefsache, und sie hatte über alles informiert zu sein und ihm weiterzugeben.

Steufel macht sich mental fit für die nächsten Stunden und Tage. Als Erstes würde er mit Dr. Stein sprechen, dem er Judith Engel zugeordnet hatte. Er hielt es für angemessen, sie ganz aus dem Landeskirchenamt zu entfernen. Niemand konnte sagen, wer der nächste Bischof sein würde, wenn auch seiner Meinung nach alles für ihn sprach. Er würde die Engel auf keinen Fall behalten. Jeder andere, der vernünftig wäre, nach diesem Zeitungsartikel auch nicht. Keiner wäre so dumm, die Schlange am eigenen Busen zu nähren. Die Frau sollte erst einmal ihr Privatleben in Ordnung bringen, bevor sie an so etwas wie Karriere dachte.

Der nächste Schritt des Tages wäre die Vorbereitung der Bestattung von Dr. Martin, die für übermorgen anstand. Noch war der Leichnam nicht freigegeben, aber man musste planen. Der Ministerpräsident hatte sein Kommen zugesagt. Da durfte es keine Verzögerungen geben. Seine Freunde im Innenministerium würden sich um die Sache kümmern. Heute Abend würde sein alter Freund Freiherr von Stucker zum Essen kommen. Sie hatten im humanistischen Gymnasium jahrelang gemeinsam die Schulbank gedrückt und inzwischen schon mehr als ein Problem diskret aus der Welt geschafft. Die letzten Absprachen bezüglich der Bestattung standen für die außerordentliche Kollegiumssitzung am Nachmittag an.

Steufel hatte eine knappe Minute in Dr. Steins Arbeitszimmer gesessen, als ihm klar wurde, dass er einen Fehler gemacht hatte. Vielleicht hätte er Stein rufen lassen sollen, wie er es zunächst vorgehabt hatte, statt zu ihm hinzugehen. Er wollte damit symbolisch Entgegenkommen signalisieren, kollegiales Miteinander demonstrieren, nicht die Hierarchie herauskehren wie im Falle einer Einbestellung. Er hätte sich denken können, dass Stein sich von so etwas nicht beeinflussen ließ. Andererseits, wenn er ehrlich zu sich selbst war, hatte er eigentlich deshalb Dr. Stein nicht zu sich gebeten, weil er befürchtet hatte, dass dieser mit irgendwelchen Ausreden gar nicht gekommen wäre. Stein akzeptierte seine Autorität nicht, wie er überhaupt kaum eine Autorität akzeptierte. Also hätte er sich nur geärgert, weil Stein nicht gekommen wäre, und sein Ziel hätte er nicht erreicht. Aber er würde sein Ziel auch auf diesem Weg nicht erreichen, trotz seines freundlichen Entgegenkommens als Vizebischofs gegenüber dem Oberkirchenrat.

Zum einen hatte Dr. Stein sich wieder einmal auf eine penetrante Weise in Tabakqualm eingehüllt und dominierte damit sichtbar den Raum. Zum anderen war er nicht aufgestanden, als Steufel eintrat, hatte ihm aber freundlich den Platz vor seinem Schreibtisch angeboten. Auf Stein konnte man sich immer verlassen, wenn Formen oder Regeln nicht eingehalten und Hierarchien nicht beachtet wurden. Er konnte kurz und prägnant reagieren. Mit diesem Zeitungsinterview war die Engel zu weit gegangen, hatte sich selbst in den Vordergrund gespielt und zugleich zum willfährigen Objekt dieser Journalistin gemacht, die nun wiederum ihn, den stellvertretenden Bischof, diskreditiert hatte. Dr. Stein würde einsehen, dass dies dem Ansehen des Landeskirchenamtes Schaden zugefügt hatte und Pfarrerin Dr. Engel zur Rechenschaft zu ziehen sei.

Trotzdem tastete sich Steufel vorsichtig heran. Er beugte sich leicht vor und die quergestreifte Krawatte rutschte über die Wölbung des Bauches nach unten.

Die Stirnglatze tauchte aus dem Tabaknebel auf, als er fragte: „Sie haben das Interview mit Dr. Engel gelesen?"

Oberkirchenrat Dr. Stein antwortete kurz und prägnant, wie Steufel es erwartet hatte: „Ja."

Damit war Steufel noch nicht weiter. Er musste eine zweite Frage anschließen, um das Gespräch auf den Weg zu bringen: „Teilen Sie meine Einschätzung, dass dieser Artikel uns geschadet hat?"

„Nein!" Wieder war die Antwort kurz und prägnant.

Steufel wusste, dass er verloren hatte. Er konnte jetzt nur noch versuchen, so gut wie möglich aus dem Gespräch herauszukommen, war aber nicht gewillt, kampflos aufzugeben. Er musste die Engel los werden, deshalb musste das Thema angeschnitten werden.

Steufel richtete sich auf, strich die Krawatte glatt. „Wir haben in einem unserer Kirchenbezirke eine Reihe von Vakanzen. Es ist nicht mehr möglich, die Vertretung dieser unbesetzten Pfarrstellen zu gewährleisten. Unter diesen Umständen müssen auch wir vom Landeskirchenamt unseren Teil dazu beitragen. Ich gedenke Pfarrerin Engel dorthin abzuordnen." Diesem Argument würde Stein sich bei aller Unfreundlichkeit beugen müssen.

„Ich bin grundsätzlich ihrer Meinung, Herr Kollege, und da Sie die Vakanzvertretung nicht selbst machen können, schlage ich Ihnen vor, Herrn Pfarrer Agricola zu schicken. Ich nehme an, dass Sie an seiner Qualifikation keinen Zweifel haben."

Steufel überhörte die Anspielung mit der Vakanzvertretung durch ihn geflissentlich. Steufel war bekannt dafür, dass er nur allzu gerne durch die Landeskirche zog und Gottesdienste hielt in der Hoffnung, damit seinen Bekanntheitsgrad zu erhöhen. Und wenn man ihn nicht zu einem Gottesdienst einlud, dann erfand er irgendwelche neuen Anlässe, die die Gegenwart eines Mitglieds des Landeskirchenamtes, die seine Anwesenheit notwendig erscheinen ließen.

„Im Übrigen", fuhr Dr. Stein fort, „benötigen wir Frau Dr. Engel dringend im Archiv sowie ich persönlich bei den anstehenden Konsultationen auf der Ebene der Evangelischen Kirche in Deutschland. Ich bedaure sehr, Ihnen nicht entgegenkommen zu können."

Steufel überlegte gerade, wie er elegant den Rückzug antreten könnte, als Dr. Stein fortfuhr: „Außerdem, was diesen Zeitungsartikel angeht, bin ich der Meinung, dass er uns genützt hat. Er macht deutlich, dass man in der Kirche gelegentlich auch einmal auf anderen Bahnen denkt als auf den eingefahrenen."

„Darüber werden wir heute Nachmittag bei der Kollegiumssitzung noch einmal sprechen." Steufel versuchte Haltung zu bewahren. Er stand auf und verließ den Raum. Als er draußen im Flur war, bemühte er sich vergeblich, den Tabakqualm aus den Kleidern zu schütteln, reckte sein Kinn in eine würdevolle Haltung und machte sich auf den Weg nach Hause zu seiner Frau und zum Mittagessen.

Die Sondersitzung des Kollegiums hatte nur einen Tagesordnungspunkt, die für übermorgen anstehende Bestattung von Dr. Martin. Die Mittagspause hatte Steufel wiederaufgebaut. Seine Frau hatte ihn liebevoll umsorgt, der Hund hatte ihm die Füße geleckt, nach einem kurzen Mittagsschlaf gab es einen Kaffee. Beim

Essen hatte sich das Ehepaar gegenseitig versichert, dass die Idee des verstorbenen Bischofs, diese Pfarrerin ins Landeskirchenamt zu holen, ein unverzeihlicher Irrtum gewesen war und dass an den Gerüchten um die Vergangenheit von Dr. Stein etwas dran sein müsste. Der Mann gehörte nicht in eine Kirchenleitung. Mit ihm würde man allerdings wahrscheinlich weiterleben müssen, was sicher nicht zum Wohl der Kirche wäre, aber was Frau Engel angehe, da gäbe es sicher noch Möglichkeiten, falsche Entscheidungen zu revidieren. Kommt Zeit, kommt Rat, der Herr ist mit den Gerechten.

Steufel kam die angemessenen fünf Minuten zu spät in den Sitzungsraum wo Meyer und Liber schon auf ihn warteten. Stein war noch nicht da, betrat aber den Raum in dem Moment, in dem Steufel anfangen wollte zu reden. Stein setzte sich, ohne ein Wort zu sagen, und zündete seine Pfeife an. Steufel warf ihm einen missbilligenden Blick zu, aber Stein schaute nur auf Streichholz und Tabak.

„Wie schon gesagt", begann Steufel, „die Trauerfeier werde im Wesentlichen ich halten. Mit dem Pfarrer des Wohnortes von Dr. Martin habe ich Kontakt aufgenommen. Er zeigte sich einsichtig, dass er in diesem Falle zurücktreten müsse. Ich habe auch Frau Martin versucht, deutlich zu machen, dass ein Bischof auch nach seinem Tod noch gewisse Verpflichtungen habe – und seine Frau mit ihm, weshalb ihr Wunsch, dass die Beerdigung durch den Ortspfarrer vorgenommen werde, aus übergeordneten Interessen nicht entsprochen werden könne. Ich habe ihr den Kompromiss angeboten, dass die an die Trauerfeier in der Bischofskirche anschließende stille Beisetzung im Kreise der Familie auf dem Friedhof durch den Gemeindepfarrer vorgenommen werden könne, während wir zu einem Empfang für die Ehrengäste einladen. Der Ministerpräsident hat sein Kommen angekündigt, selbst das Fernsehen wird live berichten. Ein großer Tag für unsere Kirche."

Oberkirchenrat Steufel schaute mit verklärtem Blick aus dem Fenster. „Die geistlichen Mitglieder des Kollegiums sollten an der Trauerfeier beteiligt sein. Für Sie, Herr Kollege Liber, habe ich die Psalmlesung vorgesehen, und für Sie, Herr Kollege Meyer, die Einleitung zum Vater Unser. Den Rest werde ich selbst schaffen."

Rufus Liber nickte. Steufel strich sich selbstzufrieden über sein spärliches Haupthaar. „Sie, Herr Kollege Dr. Stein, können, weil sie kein Geistlicher sind, nicht mitwirken. Ich bitte Sie, unsere Ehrengäste zu begrüßen und zu den reservierten Plätzen in den ersten Reihen zu geleiten. Frau König wir Ihnen dabei behilflich sein." Rufus Liber nickte.

„Was ist mit den anderen Geistlichen im Landeskirchenamt?" Oberkirchenrat Rufus Liber stellte in aller Naivität eine Frage mit ungeahnten Konsequenzen.

„An wen denken Sie da", fragte Steufel erstaunt zurück.

„Ich denke an Pfarrerin Dr. Engel", erwiderte Liber.

„Selbstverständlich, Pfarrer Agricola und diese Pfarrerin." Steufel hob entschuldigend die Hände. „Sie haben recht, wir sollten auch Pfarrer Agricola beteiligen. Er könnte doch das Fürbittengebet leiten." Rufus Liber nickte.

Eigentlich war Oberkirchenrat Fritz Meyer alles ziemlich egal, solange das Gehalt stimmte und in einer angemessenen Relation zur Arbeitszeit stand. Gelegentlich erwachte jedoch selbst in ihm so etwas wie Kampfgeist. In diesem Fall war es die Aussicht, nach dem von Pfarrer Agricola geleiteten Fürbittengebet die kurze Überleitung zum Vater Unser übernehmen zu müssen. Wie der Lehrling hinter dem Meister. Steufel konnte seinetwegen machen, was er wollte, aber das nicht.

„Ich würde es vorziehen", sagte er deshalb, „wenn Pfarrerin Engel das Fürbittengebet leitet. Erstens ist dann eine Frau beteiligt und zweitens hatte Bischof Dr. Martin sie als seine persönliche Referentin ausgewählt. Ich denke, das sind wir ihm schuldig." Rufus Liber nickte.

Steufel wurde unruhig. „Ich weiß nicht. Meinen Sie, dass sie das kann."

„Pfarrerin Dr. Engel war über zehn Jahre Gemeindepfarrerin. Sie hat damit mehr Erfahrung im Gemeindepfarramt als Sie, Herr Kollege Steufel." Dr. Stein war aus seinem Schweigen erwacht. Steufel wurde bleich.

Steufel hatte eine nicht ganz untypische Karriere hinter sich. Gemeindepfarrer war er nur vier Jahre gewesen. Dann war er auf das Pfarramt für Volksmission gewechselt, anschließend als Dozent ans Predigerseminar und später ins Pfarramt für Männerarbeit, bevor er Oberkirchenrat wurde. Er hatte immer wieder den Vorwurf gehört, die Kirchenleitung hätte sich von der Basis entfernt, konnte das aber für seine Person nicht nachvollziehen. Für ihn war es stets eine Frage der Qualität gewesen, der Qualität seiner Arbeit, die ihn für die besser besoldeten Stellen prädestinierte.

„Und was die Begrüßung der Gäste angeht, so werde ich mich um den Ministerpräsidenten kümmern und den katholischen Bischof. Die anderen überlasse ich Frau König und Rechtsdirektorin Wiesnhüter." Dr. Stein legte seine Pfeife auf den Tisch. Keiner widersprach ihm.

Rufus Liber nickte. Die angespannte Stimmung bedrückte ihn, deshalb wollte er das Thema wechseln. Mit seiner Frage traf er genau ins Schwarze: „Ist der Leichnam von Dr. Martin eigentlich inzwischen freigegeben?"

Steufel fingerte an seinem Hemdkragen. Dieses Thema würde sich bald erledigt haben, und er hätte es am liebsten vermieden. „Nein, er ist noch nicht freigegeben", sagte er scharf. „Aber sie können sicher sein, dass dies spätestens morgen der Fall sein wird."

„Was veranlasst Sie zu dieser Annahme?" Dr. Stein zog erstaunt die Augenbrauen hoch.

„Nicht nur Sie haben ihre Verbindungen zur Landesregierung, Herr Kollege Dr. Stein." Steufel triumphierte. „Im Übrigen möchte ich mich gegen jegliche Form der Verdächtigung verwahren. Ich habe mit dem Tod von Bischof Dr. Martin nichts zu tun. Da können Sie noch so viele Tassen untersuchen lassen, Sie werden nichts finden."

„Wie kommen Sie darauf, dass Ihnen gegenüber irgendein Verdacht gehegt wird. Wir waren alle in der letzten Sitzung mit Dr. Martin zusammen, nicht nur Sie. Wenn in dieser Sitzung wirklich etwas passiert ist, dann sind wir alle verdächtig." Dr. Stein hatte mit einer überlegenen Sachlichkeit repliziert, die Steufels Ärger nur weiter steigerte.

Rufus Liber nickte, aber er litt immer noch unter der angespannten Atmosphäre. „Ich denke doch, dass die Angelegenheit bei unserer Polizei in guten Händen ist. Außerdem kann ich mir nicht vorstellen, dass irgendjemand Bischof Dr. Martin hat umbringen wollen."

Steufel atmete auf. „Ich denke, es ist alles besprochen. Gehen wir wieder an unsere Arbeit."

12

Wilfried Freiherr von Stucker war Staatssekretär im Innenministerium. Stucki, wie sie ihn in der Schule genannt hatten, war mit Steufel in einer Klasse gewesen, eine Reihe von Jahren hatten sie nebeneinandergesessen. Steufel hatte ihn immer bewundert, vielleicht auch nur beneidet. Stucki hatte etwas, was Steufel nie haben würde, er hatte dieses „von". In Steufels Familie war man Pfarrer oder Händler gewesen, man war ehrgeizig und hatte es immer zu etwas gebracht, aber nie zu einem „von", obwohl auch das in vergangenen Zeiten durchaus käuflich gewesen sein sollte. Steufel hatte sich bemüht, zu einem „Dr." zu kommen, immerhin war das früher so viel wie niederer Adel, aber irgendwie war ihm das nicht gelungen.

Nun, Steufel hatte es auch zu etwas gebracht. Er war Oberkirchenrat, und wenn es nach ihm ging, dann wäre er bald Bischof. Das wäre dann sicher mindestens so viel wie ein „von". Auch die Besoldung entspräche der eines Staatssekretärs. Steufel war also auf dem besten Wege, mit seinem alten Freund gleichzuziehen. Aber damit bei der Wahl zum Bischof nichts dazwischenkam, brauchte er Stuckis Hilfe.

Man sah sich nicht oft, vielleicht zwei oder drei Mal im Jahr, dabei war das offizielle Treffen zwischen Kirchenleitung und Innenministerium bereits mitgerechnet. Ansonsten traf man sich bei den Stuckers in einem Vorort der Landeshauptstadt oder bei den Steufels in der kleinen Stadt mit dem Landeskirchenamt. Gelegentlich trafen sich die beiden Männer allein in einem Restaurant, denn nicht alles konnte man in Anwesenheit der Frauen besprechen. Männer wollten auch einmal unter sich sein, weniger, um über Frauen zu reden, das sicher auch, aber wichtiger war der Beruf. Sie hatten jeder die Karriere des anderen begleitet, helfend eingegriffen, wo es möglich war, für gute Stimmung und einen guten Ruf gesorgt, einflussreiche Freunde vorgestellt oder sie dazu bewegt, bei einer Einladung des anderen zu erscheinen. So hatte von Stucker sich den Ruf erworben, ein aufrechter Protestant zu sein, der selbstverständlich auch ein gutes Verhältnis zur anderen Konfession hatte, der sich in kirchlichen Kreisen zu bewegen verstand und der gegebenenfalls für kirchliche Unterstützung sorgen konnte, wenn es gesellschaftspolitisch einmal schwierig werden sollte.

Der Innenminister war Stucker zu Dank verpflichtet, weil er ihm im Fall der Abschiebung eines Asylbewerbers geholfen hatte. Das Asylgesuch des Kurden aus der Türkei war rechtskräftig in letzter Instanz abgelehnt worden. Er konnte nicht einsichtig machen, dass ihm Gefahr für Leib und Leben drohte, falls er in die Türkei zurückreisen müsste. Eine christliche Gruppe, die sich um die Betreuung von Asylbewerbern kümmerte, unterstützte den Mann, brachte die Anwaltskosten auf und kündigte zuletzt Kirchenasyl an. Das Innenministerium ordnete den Vollzug der Abschiebung an, die Polizei der Stadt, in der er fünf Jahre lang gelebt hatte, hatte umzusetzen. Als sie morgens um fünf kamen, um ihn zum Flughafen abzuholen, war er nicht mehr zu Hause. Die Polizei klingelte erst, klopfte an der Tür, die Nachbarn wurden aus dem Schlaf gerissen und traten erschreckt auf den Flur des mehrstöckigen Hauses, die Tür wurde gewaltsam aufgebrochen, aber die Wohnung war leer.

Zwei Tage später drangen sie in das Gemeindehaus der Kirchengemeinde ein und nahmen den Kurden mit. Rechtlich war alles in Ordnung, aber das unsensible Vorgehen der Polizei, die nicht zuvor das Gespräch mit der Gemeinde gesucht hatte, sorgte für Aufsehen. Die Medien überschlugen sich, der Bischof, der auf einer Tagung in Hannover war, wurde informiert. Von ihm konnte die Gemeinde Unterstützung erwarten. Wiederholt hatte er sich kritisch zum Vorgehen des Innenministeriums und der Polizei geäußert. Rundfunk und Fernsehen fragten wegen Interviews an. Von Stucker rief bei Steufel an, der zog die Sache an sich. Noch bevor Bischof Dr. Martin reagieren konnte, gab er eine Presseerklärung ab, in der er Verständnis für das durch die Instanzen des Rechtsstaates legitimierte Vorgehen der Polizei äußerte und sich für das unrechtmäßige Verstecken des abgewiesenen Asylbewerbers durch die Kirchengemeinde entschuldigte.

Die Enttäuschung der Asylgruppe war groß, die innerkirchliche Kritik an Steufel zog sich über Wochen hin, aber der öffentliche Protest gegen die Abschiebung brach fast schlagartig in sich zusammen. Die Kirche gab in der Öffentlichkeit wieder einmal das Bild von Uneinigkeit ab, aber der Innenminister war aus der Schusslinie. Regierungsdirektor von Stucker hatte eine weitere Stufe auf der Treppe zum Staatssekretär erklommen, und Steufel durfte ein halbes Jahr später vor den Parlamentariern der Mehrheitsfraktion über die kirchliche Ethik im ausgehenden zwanzigsten Jahrhundert referieren, was bei den Abgeordneten und in den Medien den Eindruck hinterließ, dass

Steufel der kommende Mann der Evangelischen Kirche im Land sei.

So hatte man sich immer einmal wieder die Bälle zugespielt und dem anderen geholfen, seine Position zu stabilisieren und auszubauen. Heute Abend brauchte Steufel die Hilfe von Stuckers. Wilfried von Stucker war unmerklich größer als Steufel, wie er von untersetzter Gestalt, stets im dunkelblauen Anzug gekleidet, selbst im Sommer mit Weste, das graue Haar recht voll und mit einem Seitenscheitel in Form gebracht. Er teilte mit Steufel die Vorliebe für die Fahrt im Dienstwagen, weshalb er dieses private Treffen als offiziellen Kontakt mit der Kirchenleitung deklarierte und sich fahren ließ. Man trank einen Roten von der Rhone und hatte sich in Steufels Studierzimmer zurückgezogen.

„Es geht um die Untersuchungen zum Tod von Bischof Dr. Martin." Oberkirchenrat Steufel konnte offen mit Stucker reden. „Es wird immer wieder über den Verdacht gesprochen, dass es sich nicht um einen natürlichen Tod handelte. Unser Chefjurist scheint diesen Verdacht zu schüren. Er hat in Zusammenarbeit mit der Polizei dafür gesorgt, dass die Tasse, aus der der Bischof kurz vor seinem Tod getrunken hat, untersucht wird. Die Tasse war schon gespült und die Untersuchungen scheinen sich hinzuziehen."

„Ich habe mich nach deinem Anruf informiert, man rechnet noch mit zehn Tagen."

„Hast du etwas davon gehört, ob an eine Obduktion des Leichnams gedacht ist. Angeblich ist die Staatskanzlei stark an einer Aufklärung interessiert."

„Was ist dein Problem bei Sache?" Stucker nahm ein Schluck aus seinem Glas. „Ich gehe davon aus, dass du persönlich völlig aus der Sache heraus bist."

„Die Beerdigung ist für übermorgen geplant. Ein wichtiges Ereignis für unsere Kirche – und auch für mich. Du weißt, dass ich dieses Mal eine gute Chance habe. Eine Chance, an die ich nicht mehr geglaubt habe. Wäre Martin bis zur Pensionsgrenze im Bischofsamt geblieben, wäre ich selbst für eine Nachfolge in den Augen der meisten zu alt gewesen."

„Du kannst jetzt keine weiteren Probleme gebrauchen?"

„Genau! Vor allem, nicht den Verdacht einer Unregelmäßigkeit. Cui bono, wer hat seinen Nutzen von der ganzen Sache. Du weißt, dass diese Frage gestellt werden wird. Die Medien werden es breittreten, wenn weiterhin polizeiliche Untersuchungen stattfinden. Man wird an mich denken. Alte Geschichte werden heraufgeholt werden. Zum Beispiel diese Asylsache. Ich habe Wochen gebraucht, um die innerkirchlichen Diskussionen zu einem Ende zu bringen. Das hatte meine Position geschwächt. Meine Gegner werden die Diskussion mit Wonne wieder aufwärmen." Steufel nestelte an seinem Glas herum.

„An was denkst du?"

„Ich benötige eine offizielle Bestätigung, dass an dem Verdacht einer Unregelmäßigkeit nichts dran ist. Und vor allen Dingen keine Obduktion. Stell dir das mal vor. Die Obduktion eines evangelischen Bischofs. Wie im Vatikan zu seinen dunkelsten Zeiten."

„Schlagzeilen, nicht nur in der Bild-Zeitung."

„Recherchen über mich und meine Freunde."

„Der Innenminister gerät unter Druck wegen alter Geschichten." Von Stucker fuhr sich durch die Haare.

„Der Ministerpräsident wird das Innenministerium neu ordnen müssen."

Die Angelegenheit könnte größere Kreise ziehen, als es Staatssekretär von Stucker lieb sein konnte. Die beiden Herren in dunklen Anzügen und mit Rotweingläsern in der Hand diskutierten noch eine Weile mögliche Konsequenzen und Gegenreaktionen durch. Zwei Stunden später ließ sich von Stucker zurückfahren.

13

Zwei Tage später wurde Bischof Dr. Martin beerdigt. Den Trauergottesdienst feierte man in der Bischofskirche der kleinen Stadt, die Kirche war bis auf den letzten Platz besetzt, viele standen draußen und hörten auf die Übertragung aus den Lautsprechern, das Regionalfernsehen sendete direkt. Von denen, die draußen standen, waren viele Freunde von Bischof Dr. Martin gewesen, wenn man das so sagen konnte Es waren Menschen, die in ihm den richtigen Weg der Kirche verkörpert sahen, Menschen, für die er ein Symbol für eine hoffnungsvolle Zukunft der Kirche gewesen war. Die drinnen saßen, vor allem die in den ersten Reihen, waren nicht alle seine Freunde. Manchen war er zu deutlich, manchen zu liberal gewesen, manche erhofften einen Umbruch der Kirche zurück in bessere Zeiten. Sie saßen zwischen denen, die ihn unterstützt hatten, und man wusste um einander. Sie alle zeigten Trauer oder zumindest angemessenen Ernst.

Oberkirchenrat Rufus Liber hatte den Eingangsteil der Liturgie zu verantworten gehabt. Zwischen seinen zu langen und monotonen Wortbeiträgen konnte die furiose Musik des Landeskirchenmusikdirektors auf der Orgel umso mehr brillieren. Liebevoll hatte Liber die Agende, noch liebevoller die Bibel in seine Hand genommen. Er schien in eine andere Welt zu entrücken, als er die alten Worte des Glaubensbekenntnisses und die noch älteren des Psalters las. Für Rufus Liber war die Wirklichkeit eine vergangene und die Gegenwart eine Qual. Während seines ganzen Lebens hatte er diese Sehnsucht nach dem Vergangenen gespürt, die sich manchmal mit einem Sehnen nach dem Reich Gottes am Ende der Zeiten paarte. Nie hatte er eine Spannung zu seinem Ehrgeiz vernommen, der ihn an die Gegenwart fesselte und den weltlichen Karriereweg zum Oberkirchenrat gehen ließ. Er konnte die ihn umgebende Wirklichkeit genauso gut verdrängen wie das, was ihn wirklich im Innersten antrieb.

Als dann Oberkirchenrat Steufel die Kanzel betrat, konnten die, die ihn kannten, vor allem die, die ihn kritisch betrachteten, ein leichtes triumphierendes Lächeln auf dem Gesicht erkennen, dass so gar nicht zu der ernsten Situation passte. Steufel triumphierte wirklich innerlich. Noch am Morgen des vorangegangenen Tages war er nicht sicher gewesen, ob er heute hier stehen würde. Aber auf Stucki war Verlass gewesen.

Steufel hatte sich als Predigttext den ersten Psalm ausgesucht, der ihn schon so zuverlässig seit dem Tod von Bischof Dr. Martin begleitet hatte. Ja, Dr. Martin sei wie ein Baum, gepflanzt an den Wasserbächen gewesen, der seine Frucht zu seiner Zeit gebracht hatte. Er zeichnete seinen Lebensweg nach, um dann zu einer Analyse der Lage der Kirche und zu einem Ausblick auf die kommenden Jahre überzugehen. Er wusste genau, was er mit dieser Predigt wollte und wie er sich zu verhalten hatte. Da vor ihm saßen und auf dem Platz vor der Kirche und an den Fernsehern hörten ihm Menschen zu, für die Bischof Dr. Martin ein glaubwürdiger Repräsentant einer zeitgemäßen Kirche gewesen war. Er hatte sich und seiner Kirche viele Sympathien erworben, das musste Steufel akzeptieren, auch wenn sich Dr. Martins Theologie und sein Handeln nicht mit denen von Steufel deckten.

Aber Steufel wusste, dass es ihm heute gelingen könnte, diese Sympathie auf sich zu übertragen. Zugleich musste er den Kritikern von Dr. Martin den Ausblick auf die notwendigen Änderungen eröffnen. Deshalb hatte er sich wohlformulierte Kernsätze für beide Gruppen überlegt. Sie waren nicht miteinander kompatibel, aber das war auch nicht notwendig. Sie mussten nur weit genug in der Predigt auseinanderstehen und so formuliert sein, dass jeder für sich das Richtige heraussuchen könnte. Denn im Grunde liebte man in der Kirche keine Auseinandersetzungen, man bevorzugte die Harmonie, auch wenn sie voller innerer Spannungen war. Steufel wusste, wenn er seine Kirche vor den leidigen, wenn auch vielleicht notwendigen, aber eben doch unharmonischen Diskussionen bewahren würde, dann würde man ihm das positiv anrechnen.

So sang er im ersten Teil seiner Ansprache ein Loblied auf Dr. Martin, dessen Lebensweg er nachzeichnete, dessen Früchte er herausstellte, den er, ohne zu lügen als glaubwürdig, mutig und fortschrittlich bezeichnen konnte, auch wenn er ihn gehasst hatte. Im zweiten, kürzeren Teil seiner Predigt sprach er davon, dass man auf dem in den letzten Jahren Geschaffenen aufbauen müsste, nun die klassischen christlichen Werte stärker zur Geltung bringen, dem Protestantismus ein eigenes Profil verleihen müsste. Um alle Ängste vor großen Änderungen abzuwehren, fügte er den Satz hinzu, dass dies ganz auf der Linie dessen läge, was Bischof Dr. Martin gewollt hätte. Seine Zuhörer waren zufrieden, seine Kritiker beruhigt, seine Freunde schmunzelten über die gelungene

Rhetorik, Steufel hatte die Gunst der Stunde geschickt genutzt.

Schließlich führte das, was er eigentlich hatte verhindern wollen, noch dazu, dass er den Anhängern von Bischof Dr. Martin glaubwürdiger erschien. Dr. Judith Engel leitete zusammen mit Oberkirchenrat Meyer das Fürbittengebet und anschließend zum Vater Unser über. Von der Frauenfeindlichkeit, die man Steufel gelegentlich nachgesagt hatte, war in diesem Gottesdienst nichts zu spüren, dachte so mancher. Sogar die Pfarrerin, die noch der verstorbene Bischof als persönliche Referentin ausgesucht hatte, wurde beteiligt. Dabei hatte man von deutlichen Spannungen zwischen den beiden gehört. Steufel schien versöhnlicher zu sein, als man ihm gemeinhin nachsagte.

Dr. Judith Engel hatte sich ein Zimmer in den Katakomben des Archivs eingerichtet. Es strahlte nicht diese spröde Sachlichkeit des Arbeitszimmers von Dr. Wagner aus. Sie hätte es nicht gewollt, es wäre aber auch nicht möglich gewesen, denn es gab keinen Etat für neue Büromöbel, also musste sie sich aus dem Fundus des Archivs bedienen. So glich ihr Zimmer in seiner Mischung verschiedener Epochen und Stile eher der bunten Sammlung, die Wagner im tanzbodengroßen Flur seines Archivs installiert hatte. Der Schreibtisch war der prächtigste Einrichtungsgegenstand. Reich verziert mit geschnitzten Säulen an seinen Ecken und einem Aufsatz, der zugleich der Zierde wie der Abgrenzung zum Gegenüber gedient hatte, war er einmal der Schreibtisch eines der Bischöfe der Landeskirche gegen Ende des neunzehnten Jahrhunderts gewesen. Wagner hatte ihn gerettet, als Oberkirchenrat

Fritz Meyer ihn auf den Sperrmüll stellen wollte. Freilich fehlte ihm eine Tür und auch die Holzwürmer hatten schon hier und da den Weichholzleisten an den Kanten den Garaus gemacht, sodass Judith Engel ohne Probleme ihren, wie es ihr schien, fast genauso alten Computer, den Wagner für sie aufgetrieben hatte, in einen Seitenteil des Schreibtisches installieren und die Kabel durch die morschen Teile hindurch zum Bildschirm auf der etwas zerklüfteten Schreibfläche ziehen konnte.

Der Schreibtischstuhl war neueren Datums und verfügte über Rollen und Gasdruckhöhenverstellung, die Regale sahen aus wie aus dem Ikea Katalog, die Schreibtischlampe hatte Jugendstil, der Aktenschrank stammte anscheinend aus Restbeständen der Wehrmacht, der Papierkorb war aus Plastik, die Deckenbeleuchtung bestand aus zwei freitragenden Leuchtstoffröhren. Als Judith Engel an ihrem zweiten Arbeitstag dieses ihr Büro betrat, hatte sie sich die Frage gestellt, ob sie eine derartige Ausstattung ihres Arbeitszimmers als eine zusätzliche Demütigung oder aber als Ausdruck jenes kreativen Chaos ansehen sollte, das an jedem Neuanfang stehen musste. Sie hatte sich gegen die Interpretation als Demütigung entschieden, denn sie sah keinen Anlass ihr Leben von Oberkirchenrat Steufel bestimmen zu lassen, auch nicht dadurch, dass sie sich von ihm demütigen ließ.

Nach der Sondersitzung des Kollegiums zur Vorbereitung der Trauerfeier für Bischof Dr. Martin war Oberkirchenrat Fritz Meyer zu ihr in die Katakomben herabgestiegen. Wagners Ausstellung im Flur hatte er kurz mit einem erstaunten Blick gemustert, beim Betreten des Zimmers von Judith Engel enthielt er sich eines Kommentars, auch wenn es ihm sichtlich schwerfiel. Er wollte es sich nicht noch mit den letzten möglichen Verbündeten verderben.

„Frau Dr. Engel, ich habe es in der Besprechung im Kollegium erreicht, dass Sie übermorgen bei der Gestaltung des Trauergottesdienstes beteiligt werden. Wir beide werden für den liturgischen Teil nach der Predigt zuständig sein." Meyer richtete sich innerlich und äußerlich auf. Vielleicht würde es ihm gelingen, für die bevorstehende Bischofswahl in der Synode die Stimmen der Frauen auf sich zu konzentrieren. Er hatte Frauen schon immer gemocht und die Frauen ihn, auf jeden Fall die meisten. Die Beteiligung von Judith Engel würde er sich gerne auf sein Konto gutschreiben lassen, auch wenn er es ohne den Kollegen Dr. Stein nicht erreicht hätte. Aber der konnte als Jurist nicht kandidieren, war also kein Konkurrent. Außerdem schien er Steufel zu hassen.

„Können wir uns morgen früh zusammensetzten, um alles zu planen. Ich werde Ihnen gerne weitgehend frei Hand lassen. Ich halte es für wichtig, dass eine Frau eine sichtbare Rolle bei diesem öffentlichen Ereignis spielt."

Judith Engel war ein wenig überrascht, dass man sie nach so kurzer Zeit in ihrem Verlies schon wieder an das Licht der Öffentlichkeit holen wollte. Sie hatte zudem keinen Grund, Meyer zu trauen. Aber auch keine Veranlassung, Nein zu sagen. Deshalb sagte sie ohne sichtbare Regung: „In Ordnung, ich werde mir etwas überlegen. Das können wir morgen früh besprechen."

Meyer hatte Worte des Dankes erwartet und war ein wenig enttäuscht. Ein bisschen Streicheln hätte sein Ego schon vertragen. Aber die jungen Frauen waren oft undankbar, wenn man ihnen etwas Gutes tat. Er lief noch einmal seinen Blick über das stilistische Chaos streichen und verabschiedete sich mit einem kurzen Gruß und einem leichten Kopfschütteln.

„Ist er schon weg?" Dr. Wagner war eingetreten. „Ich hätte ihn so gerne noch begrüßt, vielleicht mit dem alten Gruß der Gladiatoren: Ave Caesar, morituri te salutant – sei gegrüßt Caesar, die Todgeweihten grüßen dich. Die in den Katakomben erhielten Besuch von einem der obersten Fünf. So viel Glanz in unserer bescheidenen Hütte, wir können nun für Stunden das elektrische Licht sparen."

Wagner holte tief Luft, um zu einer neuen Tirade anzusetzen, aber Judith Engel unterbrach ihn: „War der Tee heute Morgen zu stark?"

„Danke es geht mir gut. Aber wissen sie, wie lange es her ist, dass einer jener Olympier hier in der Unterwelt war? Da oben muss sich irgendetwas tun." Dr. Wagner setzte ein rätselndes Gesicht auf.

„Der alte Bischof ist tot, der neue steht zur Wahl an. Ist das noch nicht bis zu Ihnen vorgedrungen?" Judith Engel spielte das Spiel mit.

„Jetzt wo Sie es sagen, fällt mir ein, dass ich da etwas gehört habe. Aber weshalb führt das zu dieser seltenen Heimsuchung?"

„Weil man sich meiner erinnert hat, als es darum ging, wer bei dem Gottesdienst zur Bestattung mitwirken soll. Das Patriarchat braucht ein Alibi."

„Und Sie haben abgelehnt, wie es sich für eine standhafte Frau gehört."

„Ich habe zugestimmt, wie es sich für eine geschickte Frau gehört. Ich wollte ihnen nicht das Alibi dafür liefern, keine Frau zu beteiligen. Im Übrigen hilft gegen das Patriarchat sowieso nur eine Langzeitstrategie. Wir müssen Ihnen so lange ihre eigenen Schwächen vorhalten, bis sie an sich selbst verzweifeln."

Wagner antwortete nicht. Judith Engel schaute ihn fragend an. Nach einer Weile sagte sie: "Ich höre."

„Qui tacet consentire videtur – wer schweigt, scheint zuzustimmen. Genügt Ihnen das nicht?" Dr. Wagner verließ mit einem Lächeln den Raum.

Die Trauerfeier wurde zu einem Sieg auf der ganzen Linie für Steufel. Man merkte förmlich, wie sich die Vorbehalte ihm gegenüber im Laufe des Gottesdienstes auflösten. Aber mit einer Bemerkung im Grußwort des Ministerpräsidenten schien der Bann völlig gebrochen. Im Laufe seiner Laudatio auf Bischof Dr. Martin teilte er mit, dass die Untersuchungen zum Tode von Dr. Martin eingestellt worden seien. Es gäbe keine Anzeichen für eine Fremdeinwirkung, von einer Obduktion habe man deshalb auch abgesehen.

Staatssekretär von Stucker hat am Morgen nach seinem Gespräch mit Steufel fieberhaft gearbeitet. Es war nicht nur die alte Freundschaft zu Steufel, die ihn antrieb. Er wusste zu gut, was passieren könnte, wenn aus den Fragen um den Tod des Bischofs ein Medienereignis würde. Spekulationen mit und ohne Anhalt an der Wirklichkeit würden ins Kraut schießen. Irgendein Opfer müsste am Ende gebracht werden. Es könnte auch den Minister treffen, oder ihn, man wusste um seine Verbindungen zu Steufel. Entweder wäre zu nachlässig nachgeforscht worden oder aber zu forsch, entweder hätte man der Wahrheit geschadet oder dem Ansehen der Kirche. Es war ihm letztlich egal, ob Steufel etwas mit dem Tod des Bischofs zu tun hatte oder nicht. Tot ist tot. Jetzt durfte man nur noch nach vorne schauen. Er hatte sich mit dem zuständigen Staatsanwalt verbinden lassen und sich nach dem Stand der Ermittlungen erkundigt. Die Untersuchung des Geschirrs hatte nichts gebracht, es war bereits abgewaschen gewesen. Man habe noch spezielle Maßnahmen in Angriff genommen, deren Ergebnisse aber erst in einigen Tagen vorlägen. Es sei auch nicht sicher, ob sie etwas erbringen würden. Klare Hinweise würde man nur durch eine Obduktion erhalten.

Von Stucker sprach mit dem Innenminister, und der bat den Staatsanwalt für den Nachmittag zu sich. Zu dritt erörterte man die Angelegenheit. Für einen unnatürlichen Tod sprach eigentlich nur seine Plötzlichkeit. Von einer Erkrankung wusste niemand etwas. Bischof Dr. Martin galt als seinem Alter entsprechend gesund. Es stellte sich die Frage, ob jemand aus seinem Tod einen Nutzen ziehen könnte. Die Problematik der Erbschaft war überprüft worden. Frau Martin hatte außer der Eigentumswohnung, die ihr sowieso schon zur Hälfte gehörte, nur noch einige Tausend zu erwarten, wohlgemerkt auch hierbei lediglich die Hälfte des Ehemannes, der Rest gehörte ihr schon. Habgier schied als Motiv aus. Die Ehe galt zudem als intakt. Nichts sprach für Beweggründe aufseiten der Ehefrau. Auch die Anhaltspunkte für Motive aus dem beruflichen Umfeld waren wenig überzeugend. Bischof Dr. Martin war nicht unumstritten, aber es stand keine Entscheidung an, die durch seinen Tod unmittelbar beeinflusst werden könnte. Blieb die Frage der Nachfolge, aber so lukrativ war das Bischofsamt auch nicht. Man entschied sich für die Einstellung der Ermittlungen, um sich die Notwendigkeit der Obduktion zu ersparen, die ein enormes öffentliches Aufsehen erregt hätte. Der Innenminister teilte dem Ministerpräsidenten die Entscheidung mit. Der stimmte zu. Von Stucker hatte das Problem innerhalb eines Tages gelöst. Am Abend rief er Steufel an.

Zum anschließenden Empfang des Landeskirchenamtes traf man sich nach der Trauerfeier in der Stadthalle. Als der Sarg von Bischof Dr. Martin durch den langen Gang der Bischofskirche von sechs Trägern herausgebracht wurde, hatten sich alle erhoben und die Orgel spielte das „Großer Gott wir loben Dich." Nicht wenige weinten, eine Diakonisse versuchte, den Sarg zu berühren, um dem toten Bischof ein letztes Mal nahe zu sein, die Familie folgte dem Sarg, dann kamen Steufel und der Ministerpräsident, dann die anderen Kollegiumsmitglieder, schließlich die Freunde. Vor der Kirche wurde der Sarg in einen Leichenwagen geladen, die Familie stieg in die Dienstwagen des Landeskirchenamtes, die man ihnen für diesen Tag zur Verfügung gestellt hatte, die Trauergäste warteten, bis die drei Wagen verschwunden waren, dann machten sie sich auf in die Stadthalle.

Warum es dort zur Begrüßung Sekt gab, wusste keiner so richtig, vielleicht weil es zu einem Empfang eben dazu gehört. Auch die Grußworte und Reden gehörten dazu, wem wollte man das Recht verwehren, seiner Verbundenheit mit dem verstorbenen Bischof und seiner Betroffenheit Ausdruck zu verleihen, aber es war eine Quälerei. Wiederholt fiel die Bemerkung, Grußworte seien die moderne Form der Christenverfolgung.

Steufel bemühte sich, in der großen Schar der Gäste die Mitglieder der Landessynode zu finden, sie zu begrüßen, einige Worte der Betroffenheit mit ihnen zu wechseln, sich als guten Gastgeber und trauernden Bischofsstellvertreter zu geben. Diese Menschen würden darüber zu entscheiden haben, ob er der nächste Bischof dieser Landeskirche würde. Sie waren wichtig für ihn. Von besonderer Bedeutung waren die Meinungsführer der kirchenpolitischen Gruppen. Steufel arbeitete an seiner Mehrheit. Er müsste sich wenig Sorgen machen, wenn es keinen Gegenkandidaten geben würde, aber das war nicht sicher. Auch daran würde er arbeiten müssen. Von Stucker hatte ihm geholfen, er würde sich bei Gelegenheit revanchieren.

Oberkirchenrat Fritz Meyer hatte aber noch nicht aufgegeben. Steufel hatte im Moment die besseren Karten. Aber bis zur Bischofswahl würde es noch mindestens sechs Wochen dauern. Sechs Wochen, in denen man manches erreichen konnte. So ging auch er durch die Menge der Gäste und versuchte einen guten Eindruck zu hinterlassen. Rückhalt erhielt er bei seinen Freunden von der Sozialen Kirche. Er versuchte, sich anders als Steufel zu positionieren. Er sprach von einer Erneuerung der Kirche, nicht inhaltlich, aber organisatorisch. Sie sei zu verkrustet, zu bürokratisch. Damit fand er viele offene Ohren. Man müsse sich auch den modernen Managementmethoden öffnen. Von der Industrie könne man viel lernen. Auch damit fand er offene Ohren, vor allem bei denen, die in der Wirtschaft in leitenden Positionen arbeiteten. Gegenüber den weiblichen Landessynodalen spielte er seinen ganzen Charme aus, in der Hoffnung, dass dies als Argument genügte.

Auch Gundula Wiesnhüter war in der Menge auszumachen. Man erkannte sie leicht an den grauen Haaren, die zu einem Knoten zusammengebunden waren und gut mit dem dunkelgrauen Kostüm harmonierten, dass sie heute trug. Sie wirkte alterslos, ihre fünfundvierzig Jahre sah man ihr nicht an, sie hätte gut jünger oder älter sein können. Graue Mäuse altern nicht. Gundula Wiesnhüter liebte nicht das Bad in der Menge, aber sie kam immer ihren Pflichten nach, und dazu gehört die Anwesenheit auf dem Empfang nach der Trauerfeier für den verstorbenen Bischof. Sie war die Inkarnation von Pflichtbewusstsein, begann ihren Dienst an jedem Morgen pünktlich um acht Uhr und verließ die burgähnlichen Gemäuer des Landeskirchenamtes mit derselben Zuverlässigkeit um fünf Uhr am Nachmittag. Ihr Leben war von einer derartigen Gleichmäßigkeit, dass sie für viele Menschen zu einem Teil der Kulisse geworden war, die den Hintergrund für das eigene Leben darstellte, selbst aber gar nicht zu leben schien. Keiner wusste so recht, was sie in der Zeit von fünf Uhr nachmittags bis acht Uhr morgens machte, außer zu essen und zu schlafen. Man hatte sie gelegentlich in einem Konzert gesehen, und überhaupt schien sie sich mit Musik gut auszukennen, wenn sie selbst auch offenbar kein Instrument spielte. Es lag so etwas wie ein Geheimnis um Gundula Wiesnhüter, ein Geheimnis, das zu lüften niemand wirklich interessiert war. Auf dem Empfang hatte sie einen Landessynodalen getroffen, der von Beruf

Staatsanwalt war. Im Gespräch mit ihresgleichen fühlte die Juristin sich am sichersten.

Rufus Liber hatte auch den richtigen Gesprächspartner gefunden: Ein junger Pfarrer, den er für die Geschichte der eigenen Landeskirche zu begeistern versuchte. Er erzählte ihm von einem interessanten Buch, das er vor wenigen Tagen hatte antiquarisch erwerben können. Man könne die Gegenwart nur verstehen, wenn man die Vergangenheit kenne, betonte er immer wieder. Der junge Pfarrer bezweifelte allerdings, ob die Kenntnis der Vergangenheit zwangsläufig zum Verständnis der Gegenwart führten. Oberkirchenrat Liber schien viel von der Vergangenheit zu verstehen, die Gegenwart war aber nicht so seine Sache. Dennoch gelang es Liber im Laufe der zwei Stunden des Empfanges, den einen oder anderen der Anwesenden mit seiner Gelehrsamkeit zu beeindrucken, sodass er sich am Abend mit der Gewissheit in seinem Lesesessel niederließ, einige Punkte gemacht zu haben. Er konnte sich selbst gut als den nächsten Bischof vorstellen.

14

Die meisten Mitglieder des Kollegiums waren mit einem gewissen Gefühl der Zufriedenheit vom Empfang nach dem Trauergottesdienst nach Hause gegangen. Oberkirchenrat Dr. Stein jedoch war mürrisch wie selten zuvor. Er hatte sein Arbeitszimmer in dichte Wolken aus Tabakqualm gehüllt und brütete über seinem Schreibtisch.

Er hatte seine Pflichten getreulich erfüllt, den Ministerpräsidenten im Gottesdienst begleitet und zum Empfang geleitet, hatte den katholischen Bischof begrüßt, die Damen und Herren Landtagsabgeordneten und Bundestagsabgeordneten mit freundlichen Worten bedacht und auf dem Empfang seine Runde gedreht. Die Mitteilung über die Einstellung der Untersuchungen jedoch hatte ihm einen Schlag versetzt. Er war sich sicher, dass mit dem Tod des Bischofs etwas nicht stimmte, und er traute Steufel nicht über den Weg. Er konnte sich auf seine Menschenkenntnis verlassen, und er kannte ihn lange genug. Steufel konnte auf eine bestechende Weise seriös wirken. Für viele Menschen, die ihn nicht genauer kannten, stellte er eben das dar, was man sich unter einem Bischof vorstellte. Zudem hatte er Freunde, die für ihn an diesem Image arbeiteten. Aber Dr. Stein wusste, dass Steufel letztlich nur sich selbst kannte, und die Triebfeder hinter all seinem Handeln sein Ehrgeiz war. Ehrgeiz aber war in der Kirche nicht gerne gesehen, deshalb versteckte Steufel ihn. Herausragende intellektuelle Fähigkeiten waren genauso wenig gerne gesehen, aber über die verfügte Steufel nicht. Da war nichts zu verstecken. Die Kirche liebte das Mittelmaß, und die Mittelmäßigen gaben in ihr den Ton an. Schon eine Promotion machte einen Theologen verdächtig. Eine Theologin erst recht. Bischof Dr. Martin war eine Ausnahme gewesen, und die Meinungsmacher der kirchenpolitischen Gruppen würden ihren Ehrgeiz daransetzen, dass sich das nicht noch einmal wiederholte. Steufel würde in seiner Mittelmäßigkeit der richtige Mann für sie sein. Sein ausgeprägter Konservativismus sowie seine latente Frauenfeindlichkeit kämen ihnen gerade recht. Sie würden eine Mehrheit in der Synode für ihn zusammensuchen und hinterher die Berücksichtigung bei dem einen oder anderen Posten erwarten. Die Kirche würde insgesamt einige Schritte rückwärts machen, sodass es sogar Dr. Stein zu viele wären.

Dr. Stein konnte bestimmt nicht als ein fortschrittlicher Kirchenmann bezeichnet werden. Er wachte über das Recht mit strenger Hand. Mit noch strengerer Hand wachte er aber über das Recht der Kirche gegenüber dem Staat. Er hatte kein Verständnis für Stundungen bei Staatsleistungen, er pochte immer wieder darauf, dass der Staat, so er sich denn als legitim verstehen wollte, die rechtlichen Verpflichtungen seiner Vorgänger zu erfüllen hatte, man anderenfalls, so absurd diese Forderung erscheinen mochte, auf eine Rückgabe der zu Beginn des neunzehnten Jahrhunderts konfiszierten Kirchengüter klagen müsste. Ihm war klar, dass das kein realistischer Weg war, er wusste aber auch, dass seine Gesprächspartner aufseiten des Staates, ebenfalls Juristen wie er, in der Regel allerdings weniger gute, nur mit solchen Reden zu beeindrucken waren. Gelegentlich wies er noch auf die gesellschaftliche Bedeutung der Kirche hin und auf deren Einfluss auf die öffentliche Meinung. Seine größten Erfolge hatte er jeweils in den Monaten vor Wahlen erzielt, da waren die Politiker verständiger.

Diesem Engagement für die Kirche schien sein Sarkasmus zu widersprechen, mit dem er sich über die innerkirchlichen Machtspiele auslassen konnte. Wer ihn nur in seinen sarkastischen Phasen kennengelernt hatte, musste ihn für einen unangenehmen Menschen halten. Tatsächlich gab es eine Reihe von Menschen, denen eben diese Charakterisierung als erstes einfiel, wenn sie den Namen Dr. Stein hörten. Das waren einige seiner Gesprächspartner in den Ministerien, das war aber auch Oberkirchenrat Johannes Steufel, dem gegenüber Dr. Stein seine Verachtung nur schwer verbergen konnte. Anspruch und Wirklichkeit klafften seiner Meinung nach bei diesem theologischen Kollegen allzu weit auseinander. Stein konnte zwar ebenso wenig als jemand bezeichnet werden, der Frauen förderte, er behinderte sie aber auch nicht. Für ihn zählte schlichtweg die Qualifikation, und die war unabhängig vom Geschlecht. Was Steufel mit dieser Pfarrerin gemacht hatte, war aber in seinen Augen typisch für das, was seit Jahren in der Kirche passierte: Qualifizierte Menschen, erst recht, wenn sie Frauen waren, wurden gemobbt.

Wenn Dr. Stein mürrisch war, ging man ihm besser aus dem Weg. Der selbst für seine Verhältnisse außergewöhnlich dichte Tabakqualm, der unter der Tür hindurch ins Vorzimmer kroch, sprach für sich. Seine Mitarbeiter liebten ihn nicht, aber sie achteten ihn, sie schätzten ihn sogar ein wenig, denn bei all seinen unangenehmen Charakterzügen war er letztlich gerecht, und das fand man auch nicht allzu oft. Er hatte nun das Verfahren zur Neuwahl des Bischofs einzuleiten, und das tat er mit derselben Zuverlässigkeit und ohne Ansehen der Person, wie er all seine Arbeit machte.

Die Ausschreibung folgte einem alten Ritual, das an der Wende vom zwanzigsten zum einundzwanzigsten Jahrhundert antiquiert erschien, auf seine Weise jedoch wieder einen gewissen Charme hatte. Dr. Stein hatte einen Text zu veröffentlichen, dessen Wortlaut im Wesentlichen festgelegt war. Lediglich die Form der Veröffentlichung war mit der Zeit gegangen. War der Text in früheren Jahrhunderten von den Herolden auf den Marktplätzen und den Pfarrern auf den Kanzeln verlesen worden, so blieb man heutzutage bei den Kanzeln und ersetzte die Herolde durch ganzseitige Zeitungsanzeigen und in die Werbeblöcke der Radiosender eingeschaltete Verlesungen. Dafür hatte man bei den beiden vergangenen Bischofswahlen extra einen Schauspieler engagiert, der mit einer sonoren Bassstimme der Text eingelesen hatte. Dr. Stein brauchte nur den Text der letzten Wahl zu nehmen und den richtigen Namen und das richtige Datum einzusetzen.

„Die Evangelische Landeskirche trauert um ihren Bischof Dr. Martin, verstorben am Mittwoch der vergangenen Woche, zu Grabe getragen am gestrigen Tage. Über acht Jahre hat er die Geschicke unserer Landeskirche gelenkt, das Wort Gottes gepredigt und für unsere Gemeinden gebetet. Nun hat der Herr ihn zu sich genommen."

Mit der Fortsetzung des Textes bekam Dr. Stein ein Problem. Bei der letzten Ausschreibung hatte er noch, ohne zu überlegen, den alten Text übernom-

men: „Aufgerufen sind alle ordinierten Männer usw."
Dieses Mal lautete es anders.

„Aufgerufen sind alle ordinierten Männer und Frauen, sich zu prüfen, ob sie bereit und willens sind, das frei gewordene Amt zu übernehmen. Dieses Amt ist ein schweres und es stellt hohe Anforderungen an Wissen, Fähigkeiten und Charakter.

Im ersten Brief des Apostels Paulus an Timotheus heißt es: ‚Das ist gewisslich wahr: Wenn jemand ein Bischofsamt begehrt, der begehrt eine hohe Aufgabe. Ein Bischof soll untadelig sein, Mann einer einzigen Frau, nüchtern, maßvoll, gastfrei, geschickt im Lehren, kein Säufer, nicht gewalttätig, sondern gütig, nicht streitsüchtig, nicht geldgierig, einer, der seinem eigenen Haus gut vorsteht und gehorsame Kinder hat in aller Ehrbarkeit. Denn wenn jemand seinem eigenen Haus nicht vorzustehen weiß, wie soll er für die Gemeinde Gottes sorgen? Er muss auch einen guten Ruf haben bei denen, die draußen sind, damit er nicht geschmäht werde und sich nicht fange in der Schlinge des Teufels.'

Wer sich berufen fühlt und so er oder sie denn denkt, den hohen Anforderungen dieses Amtes gerecht zu werden, der oder die melde sich beim Landeskirchenamt bis zum Ablauf von sechs Wochen ab diesem Tage."

Dr. Stein versah den Text mit Datum und Unterschrift und gab ihn zur Veröffentlichung an die Presseabteilung. Im letzten Abschnitt hatte er sich gezwungen gesehen, inklusive Sprache zu verwenden, ein Gräuel für seine Ohren, aber allein schon aus Gründen der Anfechtbarkeit des Aufrufs in diesen Tagen eine Notwendigkeit. Eine Frau als Bischof? Eine

Bischöfin? Zunächst keine angenehme Vorstellung, aber auf jeden Fall eine bessere als die eines Bischofs Steufel, der weder nüchtern noch maßvoll noch würdig noch sonst etwas war.

15

Manchmal verlässt auch eine Frau wie Dr. Judith Engel die Kraft. Eigentlich war sie eine Powerfrau im besten Sinne des Wortes. Anders ging es auch nicht mit zwei Kindern und Beruf und Umzug und einem Steufel auf dem vakanten Bischofsstuhl – und einem Dr. Wagner im Nebenzimmer. Eigentlich war der ein recht netter Kerl, aber an manchen Tagen gingen ihr seine fortwährenden lateinischen Zitate auf die Nerven. Sie war auch auf einem humanistischen Gymnasium gewesen, aber Wagner schien eine Zitatensammlung auswendig gelernt zu haben. Wenn es ihr zu viel wurde, schleuderte sie ihm hebräische oder griechische Bibelzitate entgegen und ließ ihn ohne Übersetzung stehen. Das tat ihr dann wieder leid, denn eigentlich war er wirklich ein netter Kerl und in dieser Burg eine Ausnahmeerscheinung. Neben Oberkirchenrat Dr. Stein, denn den hatte sie inzwischen auch schätzen gelernt. In seiner strengen unnahbaren Art war er kein Mensch, dem die Sympathien zuflogen. Fast schien er Angst davor zu haben, dass man ihn sympathisch finden könnte. Denn kaum waren sie in ein nettes Gespräch verfallen, in dem man miteinander hätte lachen können, da warf er eine grantige Bemerkung ein, so dass sie unwillkürlich wieder auf innere Distanz ging. Stein schien diesen Abstand wahren zu wollen, und sie hatte gelernt, das zu respektieren.

Sie war mit ihm nach Hannover zum Rat der Evangelischen Kirche in Deutschland gefahren und nach Berlin zur Vertretung der Evangelischen Kirche am Sitz der Bundesregierung geflogen. Er hatte sie überall als Pfarrerin Dr. Engel, Mitarbeiterin im Landeskirchenamt vorgestellt, sie mit den führenden Persönlichkeiten bekannt gemacht und ihr all die Türen geöffnet, die sich ihr als persönliche Referentin des Bischof auch aufgetan hätten, sicher aber nicht als Verbannte in den Katakomben des landeskirchlichen Archivs jener konsistorialen Burg der kleinen Bischofsstadt. Steufel bekam das gelegentlich mit. Es war ihm nicht recht, aber noch hatte er nicht die Macht, Dr. Stein davon abzuhalten. Wäre er erst Bischof, würde sich das ändern. Aber noch war er nicht am Ziel seiner Träume, und Judith Engel hoffte, er würde es auch nie erreichen.

Im Moment allerdings sah es ganz gut für ihn aus. OKR Liber war aus dem Spiel, Meyer der einzige Gegenkandidat, und keiner der Superintendenten schien eine Kandidatur zu wagen. Es gab viele in der Landeskirche, die von einem Bischof Steufel nichts Gutes erwarteten. Die Kirche würde sich nicht weiterentwickeln, mit hoher Wahrscheinlichkeit zurückentwickeln. Steufel war ein Intrigant und würde weiter intrigieren. Er würde seine Leute auf wichtige Posten bringen, Frauen würden keine darunter sein. Dabei waren Frauen durchaus von Bedeutung für ihn, er brauchte sie als seine Bewunderinnen. Die Liberalität eines Bischof Dr. Martin würde sich in eine theologische und menschliche Enge verwandeln, in der freies Atmen nur noch schwer möglich wäre. Für viele war das eine Schreckensvision, aber Judith Engel sah keinen Ausweg.

Die Unabhängigen Synodalen, zu denen Steufel sich zählte, waren eine große Gruppe. Superintendent Flagel war der Sprecher dieser Gruppierung. Er hatte sie gut im Griff. Er würde zum Oberkirchenrat aufrücken, das beflügelte seine Motivation in einem Einzelgespräch nach dem anderen die Synodalen auf Linie zu bringen. Er fand für jeden das passende Argument. Die einen ließen sich damit überzeugen, das Steufel der Älteste der Oberkirchenräte sei, und Alter steht einem Bischof gut an. Für andere war Meyers Scheidung ein gutes Argument. Neben ihm erschien Steufel wie der Inbegriff von christlicher Tugend. Einige ließen sich mit dem Argument gewinnen, Steufel stände für eine distanziertere Haltung gegenüber gleichgeschlechtlichen Lebensgemeinschaften. Für andere war der Hinweis wichtig, dass Steufel die von Bischof Dr. Martin in die Wege geleitete Förderung der Frauen in diesem Maße nicht weiterführen würde. Einige geistliche Synodale konnte man mit dem Hinweis erreichen, dass Oberkirchenrat Steufel schon immer viel von ihnen gehalten habe und anzunehmen sei, dass er sie bei seinem Vorschlagsrecht für die Posten der Superintendenten sicher berücksichtigen würde. Alle würde Flagel vermutlich nicht gewinnen, aber es brauchte zunächst nur eine Stimme für die Mehrheit, und Flagel war der geübte Mann in der zweiten Reihe.

Bischof Dr. Martin war einfach zu früh gestorben. Dr. Judith Engel war sich sicher, dass die Mehrheit der Kirchenmitglieder einen Bischof wie ihn wünschte, nicht umsonst war er äußerst beliebt gewesen. Aber er hatte seine Nachfolge noch nicht lange genug in die Wege leiten können. Er setzte auf junge Leute wie Matthias Balsam, einen jungen Pfarrer aus einer Großstadt, der zur Gruppe der Liberalen gehörte, oder auf Judith Engel. Unter den Superintendenten hatte er zwei oder drei im Auge, die die Kirche in seinem Sinne weiterleiten könnten. Aber er hatte nicht das, was man den Killerinstinkt nannte, er schaltete seine Gegner nicht konsequent aus, er führte immer mit Argumenten, nicht mit Intrigen, ihm war die Vielfalt der Kirche wichtig, auch in den Erscheinungsformen, die nicht die seinen waren. Steufel war das anders.

Judith Engel sah an diesem Morgen nur schwarz, für ihre Kirche aber auch für sich. Sie würde ihren Job verlieren, nicht ihr Gehalt, denn sie war unkündbar, aber Steufel würde sie auf irgendein Dorfpfarramt verbannen, weit weg von der kleinen Bischofsstadt. Dort könnte sie auch leben und arbeiten, und sie würde ihren Job gut machen wie immer. Aber für die Kinder wäre das ein erneuter Umzug nach wenigen Monaten, Verlust der Freunde, Schulwechsel. Sie fühlte sich ohnmächtig. Sie saß an ihrem Schreibtisch und starrte vor sich hin.

Einen Teil ihrer Arbeitszeit hatte sie in den letzten sechs Wochen zusammen mit Dr. Stein verbracht und dabei viel Neues und Interessantes kennengelernt. Den anderen Teil ihrer Zeit half sie Dr. Wagner, entdeckte einige Schätze des Archivs, erfuhr viel über die Geschichte und die Eigenarten ihrer Kirche, die ihr bis dahin unbekannt gewesen waren. Mit dem heutigen Tag lief die Bewerbungsfrist für das Bischofsamt ab. Nach allen, was sie gehört hatte, stand nur Meyer gegen Steufel. Aber Meyer war auch kein möglicher Kandidat. Bei ihm würde man sich immer fragen müssen, ob er eigentlich wisse, was er tue, oder ob er es nur tue, um etwas zu tun, oder weil ein Bischof halt dies oder jenes tue.

Es klopfte. Sie antwortete nicht, die Tür ging trotzdem auf. Dr. Wagner steckte den Kopf herein. „Sie sind ja doch da."

Sie antwortete nicht.

Wagner schaute sie an. „Kein engelgleiches Lächeln heute?"

Sie sagte immer noch nichts.

„Spricht meine geschätzte Kollegin heute nicht mit mir?"

„Heute ist nicht mein Tag", antwortete Judith Engel.

Er nahm sich einen der alten Archivstühle und setzte sich neben sie an ihren Schreibtisch. „Wenn ich einmal für einen Moment in ihr Fach wechseln darf, dann möchte ich Paulus zitieren, der den Korinthern schrieb: ‚Jetzt ist der Tag des Heils.' An dem Tag ging es ihm, so glaube ich, auch nicht besonders gut, wenn ich recht informiert bin."

„Ich danke Ihnen jedenfalls, dass sie Paulus nicht auf Latein zitiert haben." Judith Engel rang sich ein kleines Lächeln ab.

„Welche Laus ist Ihnen über die Leber gelaufen", fragte Wagner. „Lassen Sie mich raten. Diese Laus ist nur wenig über ein Meter siebzig groß und heißt Steufel. Hab' ich recht?"

Sie reagierte nicht.

„Aber diese Laus habe ich hier unten schon seit Jahren nicht mehr gesehen, erst recht nicht heute Morgen."

„Es ist nicht Steufel, auf jeden Fall nicht allein. Es ist dieses Gefühl, nichts ändern zu können. Er wird Bischof werden, unsere Kirche ins neunzehnte Jahrhundert zurückführen und mich in den hintersten Winkel unserer Landeskirche verbannen."

„Ich hole Ihnen einen Kaffee und dann reden wir."

Judith Engel starrte immer noch auf ihren Schreibtisch, als er die Kaffeetasse vor sie hinstellte.

Wagner rührte in seiner Teetasse. „Ich könnte Ihnen jetzt meine ganzen bescheiden Kenntnisse über das mitteilen, was ihre Theologenzunft im Laufe der Jahrhunderte über die Ohnmacht gesagt hat. Von der Ohnmacht im Garten Gethsemane über die Ohnmacht des Paulus bis zur Ohnmacht des Dietrich Bonhoeffer. Auch von der Ohnmacht Gottes habe ich etwas gelesen, und manchmal habe ich etwas von seiner Ohnmacht angesichts seiner Kirche geahnt. Ohnmacht ist eine Erscheinungsform Gottes, denn er lügt nicht und intrigiert nicht."

„Gott würde in unserer Landeskirche nie Bischof werden", murmelte Judith Engel vor sich hin.

„Ich bin auch nicht sicher, ob er das überhaupt möchte."

Die beiden saßen eine Weile schweigend nebeneinander. Judith Engel hielt ihre Kaffeetasse mit beiden Händen umfasst und starrte hinein, Wagner trank Schluck für Schluck seinen Tee.

„Wissen sie was, ich habe in meiner Asservatenkammer noch etwas ganz besonders Feines." Wagner ging kurz heraus und kam mit zwei Gläsern zurück.

„Kein Alkohol am frühen Morgen", wehrte Judith Engel ab.

„Ich führe keinen Alkohol", antwortete Wagner mit gespielter Entrüstung. „Der ist von meiner Großmutter. Den gibt es nicht zu kaufen. Selbstgemachter Birnensaft." Er hielt ihr das Glas hin. „Ich heiße Friedrich."

„Judith", antwortete sie und kam um ein Lächeln nicht umhin. Tee und Birnensaft, dachte sie, wo bin ich hier nur hingeraten.

16

Auf die Ausschreibung des Bischofsamtes hatte sich drei Männer gemeldet. Einer war ein vierundzwanzig-jähriger Vikar, der ausführlich begründete, warum er sich für diese Funktion für geeignet hielt.

Er sei der Mann einer einzigen Frau, schrieb er, und stehe seinem Haus mit dem sechs Monate alten Säugling Michael ordentlich vor. Nüchtern sei er meistens, maßvoll solange er nüchtern sei, würdig wenn er nüchtern und maßvoll sei, seine Gastfreiheit sei in Studentenkreisen berühmt gewesen, ganz zum Leidwesen seiner Zimmerwirtin. Ein Säufer sei er auch nicht, auf jeden Fall nicht immer, gewalttätig nie, gü-tig vor allem gegenüber Hunden und Kindern, geld-gierig auch nicht, obwohl ihm die Landeskirche bei seinen Bezügen recht knauserig erscheine. Ordiniert sei er noch nicht, aber das könne man nachholen. Schließlich sei der berühmte Bischof Ambrosius von Mailand an dem Tag, als man ihn zum Bischof aus-rief, noch nicht einmal getauft gewesen, was man dann vor seiner Installation nachholte. Der junge Mann schien über gute Kenntnisse der Kirchenge-schichte zu verfügen, dennoch sprach sich kein Mit-glied des Nominierungsausschusses für ihn aus.

Sechs Wochen waren seit jenem Tag vergangen, an dem Dr. Stein im Qualm seiner Pfeife die Aus-schreibung für den Bischofsstuhl verfasste. Sechs Wo-chen, in denen die einen gespannt warteten und die anderen versuchten, hinter den Kulissen den Auftritt ihrer Protagonisten vorzubereiten. Die Zeitungen wa-ren sich in Spekulationen ergangen, die Journalisten des Protestantischen Pressedienstes hatten ihre Ohren überall, um im entscheidenden Moment mit ihren Kommentaren richtig zu liegen. Sie nutzten jede Gelegenheit, um mit den Meinungsmachern der kirchenpolitischen Gruppen ins Gespräch zu kommen. Sie waren es auch, die die Sache mit Oberkirchenrat Rufus Liber an die Öffentlichkeit brachten, aber wie so oft nur halbherzig aufbereiteten.

Rufus Liber war eigentlich noch ein junger Mann, er war gerade einmal zweiundvierzig Jahre alt. Für einen Oberkirchenrat war das kein Alter. Wäre er Pfarrer geblieben, wäre er immer noch in der Anfangsstufe der Besoldung. Aber man hatte ihn zum Oberkirchenrat gemacht, weil man die beiden anderen, die damals auch noch kandidiert hatten, nicht haben wollte. Der eine von den beiden war ein ungewöhnlich qualifizierter Theologe. Der aber hätte nicht in das Kollegium gepasst, dessen theologische Qualifikation einem soliden Mittelmaß entsprach, was dafür bürgte, dass Innovationen in der Kirche aufgrund theologischer Erkenntnisse ausgeschlossen waren. Der andere war zwar kein so guter Theologe, aber er hatte in einer Stadtrandgemeinde allen soziologischen Hemmnissen zum Trotz eine blühende Gemeindearbeit aufgebaut mit einem jungen Presbyterium und einem großen Mitarbeiterkreis. Auf ihn schauten die meisten Mitglieder der Synode mit solch einem Neid, dass der nur durch die Niederlage bei der Wahl zum Oberkirchenrat eine Satisfaktion erfahren konnte.

Also entschied man sich für Rufus Liber, von dem man annehmen konnte, dass er die Kreise nicht unnötig stören und seinen Dienst ruhig versehen würde. Hinzu kam, dass seine Zuständigkeit die für die landeskirchliche Bibliothek, die Kontakte zu den Universitäten und das kirchliche Friedhofswesen war. Da Rufus Liber nichts mehr liebte als Papier und Bücher, war er bei dieser Arbeit gut ausgehoben, wenn auch deutlich zu hoch dotiert.

Liber hatte einen gebeugten Gang und trug seine vollen grauen Haare sorgfältig gescheitelt. Seine Brillengläser waren so dick, dass er mit großen Kinderaugen in die Welt zu starren schien, was ihn den einen als weltfremd, den anderen als vertrauenswürdig erscheinen ließ. Er war mit seinen einhundertfünfundsechzig Zentimetern recht klein und wirkte durch die gebeugte Haltung noch kleiner. Hätte man ihm ins Gesicht sehen können, so hätte man vielleicht sein wahres Alter erraten. Der gebeugte Gang jedoch und die grauen Haare ließen ihn wie einen Mann erscheinen, der kurz vor der Pensionierung stand.

Rufus Liber hielt sich am liebsten in der Bibliothek auf. Hier zwischen den papierenen Zeugnissen vergangener Jahre und Jahrhunderte fühlte er sich wohl, weit weg von den unerledigten Problemen der Gegenwart in einer Welt, deren Probleme sich längst von selbst erledigt hatten. Die Kirche der Gegenwart würde ihn erst dann interessieren, wenn sie Geschichte geworden war. Rufus Liber hielt sich an das, was über Jahrhunderte hinweg gegolten hatte: Das Priestertum der Männer, die Vorrangstellung der Geistlichen, der Gottesdienst am Sonntagmorgen, die Orgelbegleitung der Lieder, die Bekenntnisschriften der Reformationszeit und das Amen in der Kirche. Veränderungen hielt er für unnötig und deshalb für gefährlich.

Anfänglich hatte Rufus Liber im Dienst einen Lutherrock getragen, aber als man ihn daraufhin immer wieder mit dem Bischof verwechselte und man ihm im Kollegium darauf hinwies, trug er den Lutherrock nur noch zu Hause und kam im dunklen Anzug mit hochgeschlossenem schwarzem Pullunder über weißem Hemd ins Amt. Man hätte ihn deshalb für einen katholischen Geistlichen halten können, aber dieses mögliche Missverständnis nahm man billigend in Kauf angesichts der Tatsache, dass er sich ansonsten bei allen Entscheidungen der Mehrheit anschloss.

Rufus Liber hatte ein Laster, wenn man es denn überhaupt so nennen konnte. Er musste stets ein Buch in der Hand halten. Manchmal war es eine Bibel oder das Gesangbuch, meistens war es irgendein Buch aus der Bibliothek, dass er gerade las oder das auf dem Tisch gelegen hatte, bevor er seinen Arbeitsplatz verließ. Er pflegte immer wieder, auch mitten im Gespräch, das Buch aufzuschlagen und einige Zeilen zu lesen. Dann wirkte er wie entrückt, war aber, wenn er das Buch zugeschlagen hatte, wieder völlig präsent. Ob er überhaupt las, wenn sich der Zeigefinger der linken Hand über eine Seite des Buches bewegte, wusste keiner. Diese Marotte aber umgab Rufus Liber mit einer Aura von Gelehrsamkeit, sodass mancher ihn mit „Herr Professor" anredete. Dabei fiel ihm das Sammeln von Informationen deutlich leichter als deren Verarbeitung.

Selbstverständlich wäre Rufus Liber gerne Bischof geworden. Bereits zwei Tage nachdem die Ausschreibung das erste Mal in der führenden Tageszeitung der Bischofsstadt erschienen war, hatte er seine Bewerbung formuliert und handschriftlich auf Büttenpapier niedergeschrieben. Mit dem Einreichen wollte er sich etwas Zeit lassen, wie es der Würde des Vorgangs entsprach. Rufus Liber stand seinem Kollegen Steufel im Weg. Nicht dass er ein ernsthafter Konkurrent gewesen wäre. Keiner nahm Liber so richtig ernst, trotzdem würde die Synode ihn zur gegebenen Zeit als Oberkirchenrat wiederwählen, denn er tat niemandem etwas. Aber Liber hätte einige Stimmen von Steufel abziehen können, weil sie beide in mancherlei Hinsicht dieselbe Klientel bedienten, Stimmen, die dem gloriosen Wahlsieg, den Steufel plante, ein wenig von seinem Glanz genommen hätten. Deshalb hatte er sich etwas überlegt, wie er Liber von seinem Vorhaben abbringen konnte.

Er bediente sich der alten Methode von Zuckerbrot und Peitsche. Das Zuckerbrot war das Archiv. Liber hatte immer wieder in aller Bescheidenheit in einem Nebensatz die Bemerkung fallen lassen, dass man das Archiv seinem Zuständigkeitsbereich zuordnen könnte. Es würde so gut zur Bibliothek passen. Doch Oberkirchenrat Dr. Stein war nicht bereit gewesen, es abzugeben. Er hegte die völlig zutreffende Vermutung, dass man Liber dann nie mehr oberhalb des Kellergeschosses gesehen hätte. Steufel hatte Liber deshalb bei einer gemeinsamen Dienstfahrt angedeutet, dass er bereits wenige Wochen nach seiner Wahl zum Bischof eine Neuordnung der Dezernate vornehmen wollte. Dabei dachte er daran, Dr. Stein ein wenig zu entlasten und das Archiv an Liber zu übergeben, und hatte gefragt, ob der sich eine solche Neuordnung vorstellen könnte. Liber fiel es schwer, seine vornehme Zurückhaltung zu bewahren, aber er sagte so verhalten wie möglich, dass er sich dies unter Umständen durchaus vorstellen könnte.

Selbstverständlich war Liber wenige Tage nach diesem Gespräch auf den Gedanken gekommen, dass er, falls er selbst zum Bischof gewählt werden sollte, eine solche Änderung der Dezernate auch vornehmen und das Archiv dem Bischof zuordnen könnte. Steufel hatte mit so etwas gerechnet, und deshalb die Peitsche vorgesehen. Die Funktion der Peitsche übernahm Friedrich Flagel, der Sprecher der Unabhängigen Synodalen. Die Unabhängigen Synodalen waren eine der drei dominierenden kirchenpolitischen Gruppen, und ihre Bezeichnung war wie die der drei anderen eine zum Namen gewordene Lüge.

Die Mitglieder der Gruppe Unabhängige Synodale waren alles andere als unabhängig. Sie waren alle voneinander abhängig und in besonderer Weise von Friedrich Flagel, der dezent und unverblümt zugleich deutlich machen konnte, wohin der Laden zu laufen hatte. Eine Reihe von Synodalen aus dieser Gruppe war auch Mitglied im Protestantischen Bund. Sie trafen sich bei anderen Gelegenheiten und besprachen die anstehenden Entscheidungen vor, um dann bei den Treffen der Unabhängigen Synodalen die restlichen Mitglieder der Gruppierung auf ihre Linie zu bringen. Von diesen anderen wusste kaum einer, dass ein großer Teil ihrer Vereinigung dem Protestantischen Bund angehörte.

Flagel sprach Liber bei dem Empfang zur Einweihung eines Diakoniezentrums an. Liber war der Meinung, dass er Flagel getroffen hatte, und war froh, die Gelegenheit zum Gespräch mit einem der einflussreichen Männer der Landeskirche zu haben. Man sprach über dies und das, Flagel lenkte das Geplauder auf das Archiv.

„Ich habe mich immer gefragt, warum Bischof Dr. Martin Ihnen nie das Archiv gegeben hat?" Flagel schaute Liber so unverfänglich an, wie es einem Mann mit seinem diplomatischen Geschick möglich war.

„Da war bisher immer der Dr. Stein davor." Liber kratze sich in seinen grauen Haaren.

„Ich werde einmal mit Steufel sprechen, dass er sich da für sie einsetzt. Steufel ist ein verständiger Mann, auf den man sicher verlassen kann."

„Nun, wir müssen erst einmal die Bischofswahl abwarten." Liber bemühte sich vergeblich, offensiv zu klingen.

„Stimmt es eigentlich, dass Sie sich auch bewerben möchten, wie es die Tage in der Zeitung gestanden hatte." Man konnte meinen, Flagel würde das landeskirchliche Geschehen in aller Harmlosigkeit als Unbeteiligter über die Presse verfolgen.

„Ich spiele mit dem Gedanken, das ist schon richtig." Liber hatte zu seiner gewohnten Demutshaltung zurückgefunden.

Flagel setzte sein nachdenklich skeptisches Gesicht auf, mit dem es ihm in der Regel gelang, sein Gegenüber zu verunsichern. „Das werden keine einfachen Bischofswahlen werden. Bis jetzt hat man von drei Kandidaten gelesen."

Liber antwortete nicht, weil man auf solch einen Satz nicht antworten konnte. Aber er schaute Flagel treuherzig und erwartungsvoll an.

„Ob Steufel noch bereit sein wird, Ihnen das Archiv zu geben, wenn sie vorher gegen ihn kandidiert haben? Ich kenne Steufel ziemlich gut. Sie wissen, manchmal kann er auch nachtragend sein."

Flagel war den Satz losgeworden, den er loswerden wollte. Alles weitere war nur noch eine Frage von wenigen Tagen, in denen Liber völlig von seinem Mute verlassen wurde und die Taube auf dem Dach davonfliegen sah, wenn er sich nicht mit dem Spatzen in der Hand begnügte. Eine Woche nach diesem Gespräch äußerte er sich einer jungen Journalistin gegenüber, dass er nicht vorhabe, sich um das Bischofsamt zu bewerben.

Da waren es nur noch zwei.

Dennoch lagen am letzten Tag der Ausschreibungsfrist drei Bewerbungen vor. Steufel, Meyer und eben jener junge Vikar, der sich rühmte, meistens nüchtern zu sein. Der Nominierungsausschuss hatte die Möglichkeit, Bewerber von vorneherein nicht zuzulassen, und er machte in diesem Fall davon Gebrauch.

Dr. Stein hatte den Nominierungsausschuss in den Sitzungsraum neben seinem Büro eingeladen. Er bestand aus sechs Personen, je zwei aus jeder der kirchenpolitischen Gruppen, insgesamt drei weltliche und drei geistliche Mitglieder der Landessynode. Einer von ihnen war Friedrich Flagel, der Sprecher der Unabhängigen Synodalen, seines Zeichens Superintendent eines kleinen Kirchenbezirks, der sich das Tal eines Baches entlang erstreckte und circa zwölftausend Gemeindeglieder hatte. In diesem Kirchenbezirk arbeiteten neun Pfarrerinnen und Pfarrer. Er war der kleinste aller Kirchenbezirke und ließ Flagel viel Zeit, an den Fäden im Hintergrund des landeskirchlichen Geschehens zu ziehen.

Sein Gegenspieler war Pfarrer in einer Großstadt und einer der möglichen Nachfolger des dortigen Superintendenten. Matthias Balsam hatte die kirchliche City Arbeit auf seine Fahnen geschrieben, hatte seine Kirche für Kunstausstellungen und Tagungen geöffnet, bot in Zusammenarbeit mit der Diakonie Sprechstunden der Sozialberatung an, hatte in der einen Seitenkapelle seiner großen Stadtkirche einen Meditationsraum und in der anderen eine Kircheneintrittsstelle eingerichtet. Außen an den neugotischen Kirchenbau hatte man zum Marktplatz hin ein Kirchencafé in einem Wintergarten eröffnet und offerierte müden Passanten Rast und Kaffee. Er war Vertreter der Liberalen im Nominierungsausschuss.

Die Vertreterin der Sozialen Kirche war eine Pfarrerin, die beim Diakonischen Werk in Teilzeit arbeitete. Katarina Bora hatte zeit ihres Lebens unter ihrem Namen zu leiden und konnte nie verstehen, warum ihre Eltern, wenn sie denn schon den Familiennamen von Luthers Ehefrau trugen, ihrer Tochter auch noch deren Vornamen geben mussten. Allerdings war der Wiedererkennungswert hoch, und unter anderem deshalb hatte man sich ihrer erinnert, als die Stelle einer Referentin für die Aktion Brot für die Welt zu vergeben war. Die Soziale Kirche war das Sammelbecken für das linke Spektrum in der Synode, und Pfarrerin Bora war die Vorsitzende des Gleichstellungsausschusses der Landessynode.

Die weltlichen Synodalen waren ein Physikprofessor aus dem Kreis der Unabhängigen Synodalen, eine ältere Lehrerin von den Liberalen und ein Journalist von der Sozialen Kirche.

Oberkirchenrat Dr. Stein eröffnete dem Ausschuss das Ergebnis der Ausschreibung. Pfarrerin Bora meldete sich als erste und gab ihrer Enttäuschung Ausdruck, dass sich keine Frau beworben hatte. Flagel konnte sich nicht zurückhalten: „Frau Kollegin, es stand auch Ihnen frei, sich zu bewerben."

„Sie wissen genau, dass ich ganz bewusst nur in Teilzeit arbeite, wegen meiner Kinder und aus arbeitsmarktpolitischen Gründen. Wenn alle eine ganze Stelle beanspruchten, würden noch mehr Theologinnen und Theologen ohne Arbeit auf der Straße stehen. Das Bischofsamt war aber nicht in Teilzeit ausgeschrieben, wie das leider immer noch bei den meisten Leitungsstellen der Fall ist."

„Man kann doch ein Bischofsamt nicht in Teilzeit ausüben", warf der Physikprofessor ein.

„Dann eben mit zwei Bischöfen in Teilzeit – oder noch besser mit zwei Bischöfinnen", gab Bora zurück.

„Wir wollen es nicht gleich übertreiben", schoss die Lehrerin dazwischen.

„Ich plädiere für eine Neuausschreibung der Stelle mit dem ausdrücklichen Vermerk, dass die Kirche den Anteil von Frauen in Leitungsfunktionen erhöhen wolle und deshalb Frauen ausdrücklich zur Bewerbung auffordere", machte sich der Journalist bemerkbar.

Matthias Balsam wollte gerade ansetzen zu reden, ohne schon zu wissen, was er denn sagen wollte, als Dr. Stein sich einmischte: „Ich möchte Sie darauf aufmerksam machen, dass es die Aufgabe des Nominierungsausschusses ist, die eingegangenen Bewerbungen zu sichten und die Kandidatinnen und Kandidaten, die nicht die erforderlichen Voraussetzungen erfüllen, auszusortieren. Er hat nicht über die Ausschreibung und schon gar nicht über eine Neuausschreibung zu befinden." Es war ruhig geworden in dem Sitzungsraum.

„Also meine Damen und Herren, walten Sie Ihres Amtes."

Nun, auszusortieren war lediglich die Bewerbung des jungen Vikars, weil er noch nicht ordiniert war. Die Kandidaturen von Steufel und Meyer waren formal in Ordnung. Der Ausschuss hatte seine Aufgabe erfüllt und beschloss, die Bewerbungen zu veröffentlichen und den Synodalen zuzuschicken.

Dr. Stein wollte die Sitzung schon beenden, als es zu einem kleinen Disput kam. Pfarrer Balsam wandte sich an Oberkirchenrat Dr. Stein und fragte: „Ist nun eigentlich die Ursache des Todes von Bischof Dr. Martin geklärt? War da nicht von einem unnatürlichen Tod die Rede? Und hatte es nicht den Verdacht einer Beteiligung von Oberkirchenrat Steufel gegeben?"

Flagel war während der wenigen Sätze aufgesprungen und platzte nun dazwischen: „Was fällt Ihnen ein, junger Mann. Von einem solchen Verdacht war nie die Rede. Zügeln Sie ihre Zunge oder ich verklage sie wegen Verleumdung."

„Was regen Sie sich so auf? Man wird doch noch mal fragen dürfen." Balsam freute sich, dass er Flagel hatte provozieren können.

„Superintendent Flagel hat Recht", wandte Dr. Stein ein. „Offiziell ist nie von einem solchen Verdacht gesprochen worden."

„Was heißt hier offiziell?" Flagel sprang wiederum auf. „Herr Dr. Stein. Von einem solchen Verdacht war nie die Rede gewesen, auch inoffiziell nicht. Ich bitte Sie!"

„Gehört habe ich davon schon", mischte sich die ältere Lehrerin ein.

Flagel drehte den Kopf zur Seite und zog die Augenbrauen hoch.

„Die Untersuchungen sind eingestellt worden", sagte der Professor mit deutlichem Unwillen. „Es gab keine Anhaltspunkte. Die polizeilichen Untersuchungen sind abgeschlossen. Wir sollten uns nicht mit Gerüchten aufhalten."

„Aber die Menschen reden über diese Gerüchte!" Balsam versuchte, die Atmosphäre anzuheizen. „Wir sollten die Angelegenheit öffentlich diskutieren. Das nützt der Wahrheit am meisten."

„Eine öffentliche Diskussion käme einer Verleumdungskampagne gleich. Sie wissen, man kann noch so oft dementieren oder gar Gegenbeweise vorlegen, etwas bleibt immer hängen. Und ich habe den Eindruck, das ist genau das, was sie wollen." Flagel war es dieses Mal gelungen, sitzen zu bleiben.

„Dann werden wir bei der Bischofswahl in der Synode darüber reden, wenn ihnen es lieber ist." Die Lehrerin setzte der Diskussion ein vorläufiges Ende. Zu einer Debatte in der Synode sollte es aber nicht kommen.

17

Friedrich Wagner riss die Tür auf, machte zwei schnelle Schritte auf Dr. Judith Engels Schreibtisch zu und knallte die Zeitung auf die Schreibunterlage, sodass zwei eng beschriebene DIN A 4 Blätter davonstoben und in sanften Schwüngen auf den Boden glitten. Judith Engel schaute ihn kopfschüttelnd an, während er den Zeigefinger auf eine Schlagzeile der Regionalseite stieß und sagte: „Jetzt hat er es geschafft."

Judith Engel durchforstete seit einigen Tagen Personalakten aus den letzten hundert Jahren. Sie trug alle Informationen, die sie über die Theologinnen der kleinen Landeskirche finden konnte, zusammen und verarbeitete sie zu Kurzbiografien. Dabei förderte sie Erstaunliches und Erschreckendes zutage. Erstaunlich war für sie, wie früh und wie viele Frauen in dieser Kirche gearbeitet hatten, ausgebildete Theologinnen, genauso qualifiziert wie ihre männlichen Zeitgenossen, aber immer Dienerinnen des Wortes zweiter Klasse. Man ließ sie studieren und Examen machen, aber man verweigerte ihnen die Ordination und die Ernennung zur Pfarrerin. Sie durften als Katechetinnen arbeiten und Unterricht geben, sie durften auch einmal Gottesdienste halten, im Krieg auch Gemeinden verwalten und beerdigen, aber als die Männer aus Krieg und Gefangenschaft zurückgekehrt waren, verbannte man sie wieder in die Schulen und landeskirchlichen Werke. Manche wurden treue und fleißige Ehefrauen von Pfarrern, andere leben in einer Art erzwungenem Zölibat, denn mit einer Heirat hätten sie ihre Stelle verloren. Viele begabte junge Theologinnen mit gutem

Examen gingen als Mitarbeiterinnen zweiter Klasse in der Männerwelt Kirche unter.

Wenn sie aus den meist kargen Angaben der Personalakten Biografien rekonstruierte, dachte sie oft, dass ihre Generation es doch wesentlich leichter gehabt hatte. Die Ordination von Frauen zu Pfarrerinnen war über fünfzig Jahre eingeführt, genau genommen nicht lange, aber schon fast eine Selbstverständlichkeit. Nur fast allerdings, denn noch zwei Jahre, bevor sie selbst ordiniert worden war, hatte ein junger Kollege in einer anderen Landeskirche es aus Gewissensgründen abgelehnt, sich zusammen mit den Kolleginnen seines Jahrgangs ordinieren zu lassen. Der Bischof jener Kirche hatte dem stattgegeben. In ihrer kleinen Landeskirche wurde man einzeln ordiniert, aber sie kannte so manchen Kollegen, dem sie ähnliches zugetraut hätte. Gleichberechtigung stand manches Mal nur auf dem Papier, und immer wieder hatte auch sie sich mit einer ganz speziellen pastoralen Form des Machismo auseinanderzusetzen gehabt.

In der Gemeinde von Judith Engel wohnte eine junge Frau, die von einem Mann ein Kind bekommen hatte, dessen Namen sie nicht preisgeben wollte. Sie stamme aus einer der Familien im Dorf, mit denen man möglichst wenig zu tun haben wollte. Aber vielleicht gerade weil sie zu den Außenseitern gehörten, wollte der Vater die Schande eines unehelichen Kindes nicht auf sich sitzen lassen. Außerdem ärgerte er sich über den Trotz seiner Tochter, die den Erzeuger nicht nennen wollte. Er könne sich so manchen vorstellen, hatte er gesagt, und sie hatte geweint und geschwiegen. Er warf sie aus dem Haus. Die Verbandsgemeindeverwaltung besorgte ihr eine kleine Wohnung im Dorf und gewährte Hilfe zum Lebensunterhalt. Diese junge Frau kam nun eines Tages zu Judith Engel und wollte ihr Kind taufen lassen. Wen sie denn als Paten hätte, fragte die Pfarrerin, und sie nannte den Namen einer Freundin. Ob die denn auch evangelisch sei, wollte Judith Engel wissen. Nein sie sei katholisch, war die Antwort. Sie bräuchte aber einen evangelischen Paten. Damit könnte sie nicht dienen, war die Antwort.

Das Kind wurde zwei Sonntage später getauft, es war nur die eine Patin da. Ein Mitglied des Presbyteriums, ein alter Lehrer, weit über siebzig, der sich täglich darüber ärgerte, dass man ihnen eine Frau als Pfarrerin zugemutet hatte, sah sich in seiner Ablehnung bestätigt und wandte sich an den Probst. Bei einem anderen hätte Judith Engel vielleicht mehr Glück gehabt, aber dieser war Mitglied der Einstellungskommission nach dem zweiten Examen und hatte sie damals nach der leiblichen Auferstehung Jesu Christi gefragt. Ihre schlagfertige Antwort nahm er ihr immer noch übel und machte wegen der Taufe ohne evangelischen Paten einen Vermerk in der Personalakte. Er rief den alten Presbyter an und dieser verkündete es triumphierend in der nächsten Presbyteriumssitzung verbunden mit dem Kommentar, dass Frau Pfarrerin Engel sich nun in Zukunft wohl vorsehen müsste.

Judith Engel hatte beide theologischen Examina mit Bravour abgelegt, was sie bei vielen verdächtig machte. Kompetenz, theologische zumal, und das weibliche Geschlecht waren für manche Menschen schlichtweg nicht vereinbar. Wenn die Examensnoten einmal etwas anderes suggerieren sollten, stellte man sich auf den Standpunkt, dass nicht sein konnte, was nicht sein durfte, dass man mit Sicherheit ein Haar oder auch mehrere in der Suppe finden werde, aus denen sich mit einigem Bemühen ein Strick drehen ließe. So war vor die Vergabe einer Stelle ein Bewerbungsgespräch geschaltet, in dem verrückte Weltbilder wieder zurechtgerückt werden sollten. Als sie sich um die Aufnahme in den kirchlichen Dienst bewarb, musste sie vor diese Einstellungskommission, in dem außer Mitgliedern der Kirchenleitung noch Angehörige der Landessynode vertreten waren.

„Sie wollen also in den Dienst einer Pfarrerin eintreten?" Ein blasierter leitender Angestellter eines internationalen Konzerns, der als Mitglied der Landessynode seinen Weg in die Einstellungskommission gefunden hatte, wusste keinen besseren Gesprächsanfang.

Die Fortsetzung zeugte von seinem beschränkten Erfahrungshorizont, in dem Frauen nur als Mütter oder als Sekretärinnen vorstellbar waren: „Was wird denn dann aus ihrem Mann? Hört der etwa auf zu arbeiten?"

Judith Engel hätte an liebsten darauf hingewiesen, dass die Rollenverteilung der Fünfzigerjahre inzwischen überholt sei, sagte aber: „Sie können sich gar nicht vorstellen, was für ein Theater er gemacht hat, als ich ihm das vorschlug. Er faselte irgendetwas von der Emanzipation des Mannes oder so."

Dem Dr. rer. nat. verschlug es zwar daraufhin die Sprache, und Judith Engel hatte sich einen neuen Feind gemacht, aber dafür setzte eine Hausfrau nach, die über die Frauenarbeit in diese Kommission gekommen war: „Sie haben doch zwei Kinder, wer wird sich denn um die beiden kümmern, wenn Sie für Ihre Gemeinde sorgen müssen. Da kommen doch die Kinder oder die Gemeinde zu kurz!"

Einem Mann hätte sie diese Frage nicht gestellt, dachte Judith Engel, aber sie antwortete: „Seit wir beschlossen haben, uns einen Schäferhund anzuschaffen, habe ich in dieser Hinsicht wenig Sorgen."

Der Bischof, der der Kommission vorsaß, hatte bisher vor sich hin geschmunzelt, kräuselte nun aber doch die Stirn, was Judith Engel vermuten ließ, dass sie dabei sei, den Bogen zu überspannen. Deshalb beantwortete sie die Fragen nach der feministischen Theologie etwas sachlicher, woraufhin der Bischof sich sichtlich entspannte.

Seit jenem Gespräch hatte Dr. Judith Engel sich manche Hörner abgestoßen, aber sie konnte sich immer noch über Ungerechtigkeiten aufregen. Ob sie sich über das, was Friedrich Wagner ihr vorlegte, ärgern sollte, wusste sie nicht. Eine Ungerechtigkeit war es nicht unbedingt. Aber es bedeutete wieder einen Etappensieg für Steufel, und das ärgerte sie schon.

„Meyer zieht Bischofskandidatur zurück" prangte als Schlagzeile oben auf dem Regionalteil der Tageszeitung. Aus dem Artikel der Journalistin Katia Bechstein selbst war dann nicht viel mehr zu erfahren. Aus persönlichen Gründen habe Oberkirchenrat Meyer die Kandidatur zurückgezogen. Er sei nach Gesprächen mit Freunden und reiflichen Überlegungen zu der Ansicht gekommen, dass er sich in den nächsten Jahren lieber weiterhin intensiv seinen Zuständigkeiten für Diakonie und Ökumene widmen wolle. Die Herausforderungen auf diesen beiden Gebieten seien in der kommenden Zeit immens und würden einen erfahrenen Dezernenten erfordern. Außerdem sei er mit seinen fünfzig Jahren vielleicht noch etwas jung für dieses Amt. Sein Mitbewerber, Oberkirchenrat Steufel, bringe hervorragende Voraussetzungen für den Bischofsstuhl mit und finde seine volle Unterstützung.

Wer Meyer kannte, wusste, dass ihm irgendjemand das Leben sehr unbequem gemacht haben musste, und Meyer hasste nichts mehr als Unbequemlichkeit. Wer die kleine Landeskirche kannte, der wusste, dass dies Oberkirchenrat Steufel gewesen sein musste. Wer die Journalistin Katia Bechstein kannte, dem war klar, dass sie alle diese Hintergründe kannte, aber keine Gewährsleute gefunden hatte, die bereit gewesen waren, mit ihrem Namen dafür geradezustehen.

Fritz Meyer hatte sich für den Weg des geringsten Widerstandes entschieden. Er würde im nächsten Jahr seinen fünfzigsten Geburtstag feiern, aber das hinderte ihn nicht daran, sich am liebsten im Blue Jeans zu sehen. Er war der festen Überzeugung, dass er der ideale Jeanstyp sei. Seine Frau bestätigte ihn in diesem Irrtum zumindest in der Weise, dass sie ihn nicht daran hinderte, sich so oft es die Etikette gerade noch zuließ, in diesen Hosen sehen zu lassen. Abgesehen davon, dass es tatsächlich fraglich sein mochte, ob Jeans die richtige Bekleidung bei einem Treffen zwischen dem Landeskirchenamt und der Landesregierung waren – außer man wollte damit vor allem die Vorzimmerdamen beeindrucken, was im Falle von Fritz Meyer nicht ganz auszuschließen war – abgesehen also von der Frage der Etikette war es auch eine Frage der Ästhetik, denn Fritz Meyer hatte nicht mehr die Figur eines Zwanzigjährigen, zeigten doch die Bemühungen seiner Frau, ihn durch eine gute Küche von anderen leiblichen Begierden abzuhalten, anfängliche Erfolge. Sie wusste sicherlich genau, was sie tat, denn sie war seine zweite Ehefrau, und er hatte sie kennen und begehren gelernt, als er noch mit seiner ersten Frau verheiratet war. Vielleicht war aber ihre Sorge auch ganz unnötig, denn Fritz Meyer wusste wohl, dass es inzwischen zwar durchaus möglich war, leitende kirchliche Ämter auch nach einer Scheidung zu erhalten oder zu behalten. Bei einer zweiten Scheidung wäre jedoch vermutlich Schluss, eine solche Freiheit hatten nur die Politiker.

Fritz Meyer hing an seinem Amt. Er brachte ihm die Möglichkeit zu reden, ohne dass man ihn unterbrach. Er sicherte ihm ein Gehalt, mit dem er neben dem Unterhalt für seine erste Familie noch eine zweite ernähren und sich zudem ein schickes Auto leisten konnte. Es ermöglichte ihm, konzeptionell zu arbeiten und die Kirche der Zukunft am Reißbrett zu entwerfen. Mit dem Charme eines großen Jungen hüpfte er von einer Idee zur anderen, brachte Bewegung in den ganzen Laden, der sich deshalb aber trotzdem nicht vom Fleck wegrührte. Fritz Meyer bedrückte es nicht, wenn andere nur wenig begeistert von ihm und seine Erfolge spärlich waren, denn er war von sich begeistert, und das motivierte ihn an jedem Morgen wieder neu. Seine Ziele waren jedoch keineswegs nur narzisstischer Natur. Es ging ihm auch darum, ein anderes Bild von Kirche in der Öffentlichkeit abzugeben, als es die meisten Menschen erwarteten. Er wollte mit dem, was er sagte und tat – und auch damit, wie er sich kleidete – das Vorurteil von der verstauben Kirche mit tintenblütigen Theologen widerlegen. Das gelang ihm immer wieder, nur hatte er wenig, was er an die Stelle der zerstörten Vorurteile setzten konnte.

Fritz Meyer war ungefähr ein Meter achtzig groß, irgendwo zwischen schlank und vollschlank, seine blonden Haare waren licht und ließen auf dem Hinterkopf einen Kranz frei, der die unangemessene Assoziation mit einer Mönchstonsur nahelegte, unangemessen deshalb, weil Meyer es weder mit dem Gehorsam, noch mit der Armut und erst recht nicht mit der Keuschheit hielt. Es passierte ihm immer wieder, wenn auch jetzt mit dem beginnenden Alter etwas weniger oft als früher, dass der Strom von Sexualhormonen in seinem Blut seine Denkfähigkeit hemmte, und er dem unbändigen Drang, seine Gene weit zu streuen, nachgeben zu müssen meinte. Da aber die gesellschaftliche Vorliebe für junge schöne Körper auch auf das männliche Geschlecht angewandt wurde und zudem Frauen im Alter von Fritz Meyer jüngeren Männern prinzipiell den Vorzug geben wollten, kam er nur noch selten zum Zuge und überlegte sich ernsthaft, ob er sich nicht lieber einer mehr vergeistigten Form der Liebe zuwenden sollte.

Fritz Meyer liebte schöne und schnelle Autos. Die Kombination dieser beiden Eigenschaften zog leider noch eine dritte nach sich, nämlich die, dass es sich auch um teure Autos handelte. Nun hatte Fritz Meyer bei der Wahl seiner zweiten Frau eine kluge Entscheidung getroffen. Als ihm diese vergleichsweise junge Frau vor einigen Jahren, wohl in Folge eines unbearbeiteten Vaterkomplexes, denn auch schon zu jener Zeit war F.M., wie ihn seine Freunde nannten, kein strahlender Jüngling mehr gewesen, als ihn diese Frau in den Hafen der Ehe lotsen wollte, ließ er es angesichts ihres gut betuchten Vaters geschehen. Herr Strifler, der Vater seiner neuen Frau, hatte sein Vermögen mit der Produktion von Inkontinenzartikeln gemacht. Seine Tochter hatte immer ein wenig darunter gelitten, dass mit dem zunehmenden Wohlstand nicht auch eine entsprechende gesellschaftliche Anerkennung einhergegangen war, weshalb er ihr gerne nachgab, als sie sich diesen Oberkirchenrat zum Manne und eine spürbare Mitgift für die Hochzeit wünschte. Die Meyers konnten sich ein schönes Haus bauen und Fritz sich das langerträumte getunte Cabrio eines Münchener Automobilherstellers kaufen. Da sein Beruf aber eine gewisse Diskretion verlangte, bestellte er den Wagen ganz in schwarz, und bat zudem, das „M" auf der Heckklappe wegzulassen.

Fritz Meyer freute sich jeden Tag auf die Arbeit, denn sie bot ihm die Gelegenheit, mit diesem Wagen ins Büro zu fahren und seiner Sekretärin gelegentlich auf den Hintern zu starren, wenn sie ihm eine Tasse Kaffee ins Zimmer gebracht hatte. Er freute sich ebenso jeden Tag auf das Ende der Arbeit, denn sie bot ihm die Gelegenheit, mit seinem Wagen wieder nach Hause zu fahren und die engen Jeans gegen einen bequemen Hausanzug zu vertauschen. Fritz Meyer liebte seinen Job, denn er gewährte ihm neben überdurchschnittlichen Bezügen geregelte Bürostunden und ab und zu die Möglichkeit, ein paar Tage auf eine Tagung zu besuchen, bei der es fast immer eine attraktive Frau kennenzulernen gab. Warum also sollte er etwas ändern? Vielleicht wäre er als Bischof gezwungen gewesen, sich einen Lutherrock zuzulegen – und mit

Sicherheit hätte er sich nie ein weiteres Mal scheiden lassen dürfen.

Solche oder ähnliche Gedanken werden Meyer durch den Kopf gegangen sein, nachdem Friedrich Flagel sein Büro verlassen hatte. Die Sache mit Bernhard Helfer, seinem Seitensprung und seiner Scheidung hatte Meyer gut gelöst. Gleich zu Beginn der Ausschreibungsfrist hatte er dem Landessynodalausschuss vorgeschlagen, Helfer auf seiner Stelle zu belassen. In den konservativen Kreisen hatte das zu einigem Unmut geführt, aber die Freunde von F.M. hatten diese Entscheidung deutlich mitgetragen und das bisschen an öffentlicher Meinung, das sich in drei Leserbriefen und einem Zeitungskommentar dazu geäußert hatte, hatte Verständnis für die menschliche Schwäche des Landesdiakoniepfarrers gehabt – zumal auch seine Frau aus irgendeinem Grund froh gewesen zu sein schien, den American Gigolo loszuwerden. Seitdem war schon wieder eine dünne Grasnarbe über die Angelegenheit gewachsen.

Flagel hatte deshalb einen anderen Trumpf aus der Tasche gezogen. Es war jene Sachbearbeiterin, die Meyer beim Vorzimmerdamenrevirement Steufels nach dessen kommissarischer Amtsübernahme von Dr. Stein geerbt hatte. Sie war in der Bearbeitung ihrer Fingernägel und ihrer Haare kurz nach dem Einzug ins Dezernat von Fritz Meyer zur Höchstform aufgelaufen. Der konnte nicht umhin, sie dem Initiationsritus zu unterziehen, mit dem er sich bisher bei allen seinen Sekretärinnen versucht hatte. Er hatte sie zum Treffen der Diakoniedezernenten der EKD in Hannover mitgenommen und ihr, statt an der Abendsitzung teilzunehmen, in seinem lauschigen Hotelzimmer beigewohnt. Es war ein Akt gegenseitiger Bestätigung der noch nicht völlig verblassten Attraktivität gewesen und den anderen Teilnehmern der Konferenz nicht verborgen geblieben. Weil aber die Evangelische Kirche in Deutschland auch nur ein Dorf ist, hatte der amtierende Vizebischof Steufel davon erfahren und seinen Freund Flagel auf die Fährte angesetzt. Dieser wiederum hatte Meyer Stillschweigen gegen den Rückzug von der Kandidatur angeboten und Meyer hatte erleichtert eingewilligt. Um es Meyer einfach zu machen und zu vermeiden, dass doch noch etwas schief ging, hatte er ihm gleich die Pressemeldung mitgebracht, die Engel und Wagner an diesem Morgen in der Zeitung wiederfanden und mit gemischten Gefühlen lasen.

„Nun hat Steufel freie Bahn", stöhnte Dr. Wagner.

„Und er wird sie unbeirrt bis zur Wahl weitergehen", fuhr Judith Engel fort. „Darauf sollten wir doch einen trinken, meinst du nicht auch."

„Wie wäre es mit einem Birnensaft?"

„Den sollten wir uns für die wirklich feierlichen Momente des Lebens aufbewahren", wehrte Judith Engel ab. „Ich wäre mehr für einen Kaffee."

„Dann nehme ich einen Tee", antwortete Wagner resigniert und schlurfte auf den Gang hinaus in Richtung seines Büros. Plötzlich beschleunigte sich sein Schritt, denn in seinem Zimmer klingelte das Telefon. Nach ein paar Minuten kam er mit Tee und Kaffee zurück und sagte: „Die Arbeit ruft. Frau Martin hat angerufen. Sie hat begonnen, das Arbeitszimmer ihres Mannes aufzuräumen, und möchte dem Archiv gerne die meisten seiner Bücher und Papiere überlassen. Ich

habe ihr gesagt, dass wir beide heute Nachmittag vor-
beikommen werden."

18

Am Tag vor der Wahl des neuen Bischofs durch die Landessynode der kleinen Landeskirche saß Oberkirchenrat Steufel am Schreibtisch im Arbeitszimmer des Bischofs und hielt drei Blätter Papier in der Hand, die die Lösung aller seiner Probleme bedeuteten. Er war an diesem Morgen nicht in den Sitzungssaal der Synode gegangen, verzweifelt über das Gespräch mit Friedrich Flagel am Vorabend, hatte aus dem Fenster geschaut und sich gefragt, ob er nun endgültig von diesem Blick hinaus auf die kleine Bischofsstadt Abschied nehmen müsste, hatte sich überlegt, ob er auf die Kandidatur verzichten sollte, wollte einige Gedanken für eine eventuelle Rede notieren und war bei der Suche nach einem Blatt Papier auf den Umschlag mit den drei handschriftlich beschriebenen Blättern ganz hinten in der Schublade gestoßen.

Beim Lesen der ersten Seite wäre er vor Erleichterung und Freude fast aufgesprungen, erinnerte sich aber, dass Marliese König im Vorzimmer saß und das vielleicht bemerken würde, die Lektüre des zweiten Blattes legte seine Stirn in Sorgenfalten, die erst verschwanden, nachdem er nach dem Lesen der dritten Seite eine Weile nachdenklich durch das Bischofszimmer gegangen war. Dann betrat er das Vorzimmer, reichte Marliese König zwei Blätter und sagte zu ihr: „Kopieren sie das für alle Synodalen und geben sie mir das Original zurück.“

Die Landessynode war zusammengetreten. Fünfundsiebzig Männer und Frauen, ein Drittel von ihnen Geistliche, saßen in dem großen Sitzungsraum des

Landeskirchenamt, recht eng deshalb, weil noch Stühle für die Oberkirchenräte, die Presse und Gäste aus anderen Landeskirchen mit in diesem Raum Platz finden mussten. Die Geistlichen unter den Synodalen betraten diesen Saal mit gemischten Gefühlen, waren doch in ihm Generationen von Theologen und später auch Theologinnen den kirchlichen Examen unterzogen worden, hatten würdige akademische Lehrer über Sieg und Niederlagen, bestanden oder nicht bestanden entschieden. Die Wände waren holzgetäfelt und mit den Porträts der Bischöfe der letzten einhundertfünfzig Jahre geschmückt. Der Saal hätte sich auch gut in einem königlichen Schloss befinden können, soviel Gediegenheit vergangenen Zeiten und Wohlanständigkeit strömte er aus. Ganz im Gegensatz dazu stand die moderne Übertragungsanlage mit den Mikrofonen vor jedem Sitz und das kirchenpolitische Gewusel zwischen den Tischreihen.

Eine Woche tagte die Synode, wie immer. Eine Woche lang sitzen und reden und hören und nach Kompromissen suchen, eine Woche lang in den Pausen und am Abend die Entscheidungen der nächsten Stunden vorbesprechen. Eine Woche lang mit gutem Zureden, charmantem Einschmeicheln und gelegentlich auch überzeugenden Argumenten Mehrheiten zusammensuchen, eine Woche der Narzissten und Selbstdarsteller, eine Woche, in der jede und jeder sich wichtig fühlen konnte, weil er den Weg der Kirche mitbestimmte.

Die Wahl des Bischofs war dramaturgisch geschickt auf den vorletzten Tag gelegt worden. Sie sollte die Klimax der Synodaltagung bilden, der nur noch ein kurzer halbtägiger Epilog folgen würde. Diese Wahl bestimmte die Gespräche auf dem Flur vor dem Sitzungsraum, beim Essen und bei den abendlichen Treffen in den wenigen Gaststätten der kleinen Bischofsstadt. Die Unabhängigen Synodalen erwarteten für diese Woche den Höhepunkt der Geschichte ihrer kirchenpolitischen Gruppe. Zum ersten Mal würde einer der Ihren auf dem Bischofsstuhl sitzen. Friedrich Flagel sonnte sich in der Anerkennung, die ihm immer wieder zuteil wurde. Alle wussten, wenn auch nicht bis in jedes Detail, dass er es gewesen war, der Oberkirchenrat Steufel den Weg geebnet hatte. Man war sich einig, dass nur Flagel als Nachfolger von Steufel in Frage kam. Nur gelegentlich, wenn bei den einen eine bislang zu geringe Dosis Alkohol noch nicht für genug Euphorie und bei den anderen eine schon zu hohe Dosis bereits für erste Anzeichen von Wehmütigkeit gesorgt hatte, kamen Zweifel auf, ob denn alles so laufen werde wie man es sich wünschte. Steufel war nicht gerade beliebt, nicht bei seinen Mitarbeitern, auch nicht in der Pfarrerschaft, aber das konnte doch wohl kein Argument sein. Man brauchte keinen beliebten, sondern man brauchte einen starken Mann – und das war Steufel. Andererseits kam immer wieder das Gerücht an die Oberfläche, irgendetwas mit dem Tod von Bischof Dr. Martin würde nicht stimmen, verbunden mit der unausrottbaren Behauptung, nur Steufel habe von diesem Tod einen Vorteil.

Die Liberalen hatten sich zu einer Koalition mit den Unabhängigen entschlossen. Zwar stammte diese Vereinbarung aus der Zeit, als auch noch Oberkirchenrat Fritz Meyer im Rennen war, der von der Sozialen Kirche getragen wurde und den man bei den Liberalen unter allen Umständen verhindern wollte, aber einige Mitglieder sahen auch jetzt, nachdem der gemeinsame Gegner bereits das Handtuch geworfen hatte, keinen anderen Ausweg, als für Steufel zu stimmen.

Selbst bei der Sozialen Kirche gab es einige Stimmen, die sagten, derzeit, da es keine Alternative mehr zu Steufel gäbe, müsste man ihn einfach wählen, schon allein deshalb, damit die Kirche in der Öffentlichkeit kein schlechtes Bild abgäbe. Wie würde das wirken, wenn bei einer Bischofswahl ohne Gegenkandidaten der einzige Bewerber keine Mehrheit fände? Andererseits könnte man einen Mann wie Steufel der Kirche als Bischof nicht zumuten, ganz abgesehen davon, dass die Sache mit dem Tod des alten Bischofs immer noch nicht geklärt wäre.

Die Wahl hatte man für den Freitagnachmittag angesetzt. Die Anhänger Steufels wie auch die Unbedarften unter den übrigen Synodalen gingen an diesem Tag von einer sicheren Wahl aus. Bis zum Dienstagmittag hatte sich das Gerücht herumgesprochen, dass die Abstimmung noch keineswegs sicher sei. Bei den Liberalen gäbe es einige Stimmen, die sagten, die alte Koalitionsabsprache sei seit dem Ausscheiden von Oberkirchenrat Fritz Meyer aus dem Rennen um den Bischofsstuhl ihrer Grundlage entzogen und ungültig. Die Sprecher der Sozialen Kirche trafen sich am Dienstagabend, um zu beratschlagen, ob sie den Liberalen anbieten sollten, gemeinsam einen Antrag einzubringen, die Bischofswahl zunächst einmal zu verschieben, und dann nach einem neuen Kandidaten der beiden Gruppen zu suchen. Am Mittwoch um zehn Uhr morgens war klar, dass sich hierfür bei den Liberalen keine Mehrheit finden würde. Die Unabhängigen atmeten auf und tranken nach dem Mittagessen einen Schnaps. Beim Nachmittagskaffee erzählte man sich, die Soziale Kirche wolle sich bei der Abstimmung komplett enthalten und einige aus dem Lager der Liberalen würden sich dem anschließen. Da selbst unter den Unabhängigen Synodalen gelegentlich einige Mitglieder diesem Namen die Ehre erwiesen und sich nicht in so etwas wie eine Fraktionsdisziplin zwängen ließen und zudem gelegentlich leise Zweifel an der Angemessenheit der Wahl Steufels geäußert hatten, kamen ein weiteres Mal Bedenken auf, ob die Wahl klar gehen würde. Während der gesamten Nachmittagssitzung sah man die Sprecher der Gruppen immer wieder zu zweit und schließlich zu dritt den Saal verlassen. Bis zum Abendessen war keine Entscheidung getroffen. Der Sprecher der Liberalen forderte für sich für den Fall der Wahl von Steufel eine außerplanmäßige Besoldungszulage in Höhe von vier Dienstaltersstufen nach A 16, der Sprecher der Sozialen Kirche erwartete ein Jahr bezahlten Sonderurlaub für eine Studienreise nach Kuba, und Friedrich Flagel war kurz davor, zu verzweifeln. Er nahm Steufel beiseite und teilte ihm die Sachlage mit. Es sei keine gute Idee gewesen, eine Obduktion von Dr. Martin zu verhindern. Die ungeklärten Umstände seines Todes lägen wie eine Last auf dieser Bischofswahl.

Oberkirchenrat Steufel betrat den Sitzungssaal am Donnertagvormittag gegen 10.30 Uhr. Zehn Minuten später begann die übliche vormittägliche Kaffeepause. Steufel ging zu Beginn der Pause zum Platz des Synodalpräsidenten, und man konnte diesen mit einem erstaunten Gesichtsausdruck auf die kurze Mitteilung

Steufels reagieren sehen. Am Ende der Pause wurden die Synodalen durch den Synodalsekretär in den Saal zurückgerufen, und der Präsident bat um Aufmerksamkeit.

„Oberkirchenrat Steufel hat mich gebeten, ihm gleich nach dem Ende unserer Pause die Gelegenheit zu einer kurzen Stellungnahme zu geben. Er hat uns eine wichtige Mitteilung zu machen."

Während sich Steufel langsam von seinem Platz erhob und auf das Rednerpult zuging, rätselten die Synodalen darüber, was sie nun hören würden. Man erwartete den Verzicht auf die Kandidatur, was den einen Vorfreude auf das Antlitz trieb, den anderen Enttäuschung. Steufels Gesicht verriet zunächst nichts, aber als er nach einer Kunstpause seine Rede mit einem Lächeln begann, war alle Erwartung eines Verzichts verflogen.

„Liebe Synodale! Die vergangenen Wochen seit dem Tod von Bischof Dr. Martin waren schwierige Wochen für unsere Landeskirche. Sie waren auch schwierige Wochen für mich. Immer wieder kamen Zweifeln an den Umständen des Todes unseres geschätzten Bischofs auf. Manch einer munkelte von einem unnatürlichen Tod und mehr als einer wagte es – und das hat mich in besonderer Weise verletzt – mich mit diesem Tod in Verbindung zu bringen."

Er ließ wie unwillkürlich seinen Blick zu den Sitzplätzen der anderen Oberkirchenräte wandern. Dr. Stein wusste, dass er gemeint war, sah aber keine Veranlassung, auch nur die kleinste Regung von sich zu geben.

„Ich freue mich deshalb, ihnen nun einen Brief von Bischof Dr. Martin verlesen zu dürfen, den er für den Fall seines Todes verfasst hatte, und den ich heute Morgen in den Unterlagen in seinem Zimmer gefunden habe. Ich händige nun das Original Herrn Oberkirchenrat Dr. Stein aus mit der Bitte, zu überprüfen, ob es sich dabei um die Handschrift unseres verstorbenen Bischofs handelt."

Steufel ging zum Sitzplatz von Dr. Stein und gab ihm die beiden Seiten. Der warf einen Blick darauf, las einige Zeilen, schaute ungläubig, holte aus seiner Tasche ein anderes Blatt, bat den Synodalpräsidenten um das Wort und sagte: „Wenn ich diesen Brief mit der handschriftlichen Notiz von Dr. Martin, die sich in meinen Unterlagen befindet, vergleiche, gibt es für mich keinen Grund, an der Echtheit des Briefes zu zweifeln, der mir von Oberkirchenrat Steufel gegeben wurde." Steufel genoss es sichtlich, dass einer seiner ärgsten Gegner gezwungen war, ihn in diesen Minuten des Triumphs zu unterstützen.

Steufel ging an das Rednerpult zurück und sagte: „So möchte ich Ihnen nun diesen Brief, den Dr. Stein als einen Brief unseres Altbischofs identifiziert hat, vorlesen.

,Liebe Schwestern und Brüder,

diesen Brief schreibe ich für den Fall meines Todes. Ich hoffe, dass er bald danach gefunden sein wird, von meinem Nachfolger oder Nachfolgerin oder wer auch immer meinen Schreibtisch aufräumt. Ich weiß nicht, wann ich sterben werde, wie alle Menschen, die wir unsere Pläne immer sub conditione Jakobaea machen müssen. Ich habe aber alle Gründe anzunehmen, dass mein Tod als vorzeitig und überraschend angesehen werden wird."

Ein Raunen ging durch die Reihen der Synodalen, die Journalisten in der letzten Reihe schrieben eifrig mit.

„Ich habe das Amt des Bischofs, dass die Landessynode mir anvertraut hat, immer geliebt und als eine Aufgabe angesehen, die mir von Gott zugewiesen worden war. Ich habe dieses Amt in der mir eigenen Unzulänglichkeit geführt im Vertrauen darauf, dass mich Gott auch mit dieser Unzulänglichkeit liebt, wie er auch seine Kirche in ihrer Unzulänglichkeit liebt. Gott liebt die Kirche in ihrem Bemühen, die Tür zu seiner Ewigkeit für diese Welt einen Spalt breit offen zu halten. Ich glaube auch, dass er an ihr leidet, weil sie nicht frei ist von Missgunst und Eigennutz. Er hat sich mit uns Menschen recht unzulängliche Werkzeuge für sein großes Ziel mit der Welt gesucht. Aber er hat uns diese Aufgabe übertragen.

Ich bin krank, und außer meinem Arzt und mir weiß dies niemand, auch nicht meine Frau. Meine Bauchschlagader kann jederzeit platzen, ohne dass dies durch eine Operation zu verhindern wäre. So rechne ich damit, dass man mich eines Tages tot finden wird. Dieser Brief soll allen Spekulationen Vorschub leisten."

Das Raunen war angeschwollen, der Synodalpräsident klopfte auf den Tisch und bat um Ruhe.

Steufel legte das erste Blatt sorgfältig beiseite, schaute in die Runde und genoss die Mischung aus erstaunten und erfreuten Gesichtern seitens der Synodalen.

„Der Brief endet mit den Zeilen: ‚So wünsche ich der Synode bei der Entscheidung über meine Nachfolge ernsthafte und kluge Überlegungen. Dr. Johannes

Martin, Bischof". Steufel schaute noch einmal auf und sagte ruhig. „Ich danke Ihnen für Ihre Aufmerksamkeit. Frau König wird Ihnen gleich Kopien dieses Schreibens verteilen." Dann verließ er das Rednerpult mit gemäßigten Schritten und nahm wieder neben Dr. Stein Platz, der ihn keines Blickes würdigte.

Einige Synodale sprangen auf, Friedrich Flagel löste sich aus der Sitzreihe, ging zu Steufel und schüttelte ihm erleichtert die Hand. Andere konnten ihre Enttäuschung nicht verbergen. Sicher war es erfreulich, dass nun die Umstände des Todes von Bischof Dr. Martin aufgeklärt waren. Andererseits schien die Wahl von Steufel jetzt unausweichlich. Diejenigen Synodalen allerdings, die sich schweren Herzens entschlossen hatten, trotz aller Unklarheiten ihre Stimme für Steufel abzugeben, waren deutlich erleichtert und klopften lautstark ihre Anerkennung auf den Tisch. Es waren wieder nur böse Gerüchte gewesen, mit denen man diesem Steufel schaden wollte. Nun gab es keinen Grund mehr, an seiner Ehrenhaftigkeit zu zweifeln. Die Bischofswahl konnte am morgigen Tag stattfinden.

Die Journalisten rissen Marliese König die Kopien aus der Hand und griffen zu ihren Handys. In die morgige Zeitungsausgabe würde es auf jeden Fall kommen. Wenn sie schnell genug wären, würde es auch noch für die Zwölfuhrnachrichten reichen.

19

Nur knapp achtzig Meter vom Sitzungssaal der Synode entfernt aber drei Stockwerke tiefer saßen Dr. Judith Engel und Dr. Friedrich Wagner am Freitag bei der Arbeit, während die Fahrzeuge des Catering Service in den Hof fuhren und die Speisen und Getränke für die Feier der Bischofswahl am Abend brachten. Steufel hatte sie am Donnerstagmittag endgültig für den Freitag bestellt, nachdem er den Brief von Dr. Martin verlesen hatte. Die Synodalen sollten für die Wahl belohnt werden und es sich gut gehen lassen.

Auch achtzig Meter weiter und drei Stockwerke tiefer hatte man selbstverständlich von dem Brief gehört, schließlich eine Kopie erhalten und sich darüber geärgert, dass Steufel nun doch recht behalten sollte, und zugleich ein wenig getrauert darüber, dass Dr. Martin diesen Tod hatte sterben müssen und wie allein er mit seiner Krankheit und seiner Entscheidung, es niemandem zu sagen, gewesen sein musste. Die beiden waren in ihren Katakomben an diesem Morgen ausgesprochen wortkarg. Sie hatten sich in den vergangenen Wochen hin und wieder die Hoffnung gemacht, dass es anders kommen würde, als es zu kommen schien. Mit der gelegentlichen Wut der Ohnmächtigen hatten sie den Weg Steufels auf den Bischofsstuhl verfolgt.

Judith Engel kramte lustlos in den Personalunterlagen einer Theologin, die vor über dreißig Jahren den Dienst quittiert hatte und wahrscheinlich nicht mehr lebte. Friedrich Wagner wühlte sich durch die Kartons, die sie bei Frau Martin abgeholt hatten. Es fiel ihm nicht leicht zu entscheiden, was er kassieren und damit vernichten sollte. Vielleicht würde irgendwann einmal jemand die Biografie von Bischof Dr. Martin schreiben, aber dazu brauchte man nicht jedes Rundschreiben, das er aufgehoben hatte, eher schon handschriftliche Notizen für Reden und Predigten.

Es war bald Zeit für die vormittägliche Tasse Tee beziehungsweise Kaffee als Wagner zu Engel hereinkam und gefaltetes Papier in der Hand hielt.

„Der Brief, den der Steufel gestern vorgelesen hat, ist wirklich echt. Guck mal hier, unter seinen Papieren war eine Kopie." Er reichte es Judith Engel hinüber. Sie nahm das Blatt in die Hand, faltete es auseinander und legte es neben die Kopie, die Marliese König gemacht hatte. Es war tatsächlich beides Mal die Fotokopie ein und desselben Schreibens, dessen Original nun wieder Steufel hatte.

„Wenn etwas Zeit ins Land gegangen ist, werde ich Steufel bitten, dass er das Originalexemplar dem Archiv zur Verfügung stellt." Wagner wollte gerade wieder hinüber in sein Zimmer gehen, als Judith Engel rief: „Was ist denn das?"

Wagner lief zurück. Judith Engel hatte die beiden Exemplare nebeneinandergelegt. Links lag die Kopie von Marliese König, rechts die aus dem Nachlass von Dr. Martin. Links lagen zwei Blätter, rechts drei.

„Was bedeutet das?" fragte Wagner. „Warum hat Steufel nur zwei Seiten gefunden und wir drei?"

Judith Engel sah ihn mit leicht zusammengekniffenen Augen an. „Wer sagt, dass Steufel nur zwei Blätter gefunden hat. Vielleicht hatte er alle drei Seiten gefunden – aber nur zwei vorgelesen." Sie hielt ihm das mittlere der drei hin. „Er könnte gute Gründe gehabt haben, das nicht vorzulesen."

Johannes Steufel hatte an diesem Vormittag bereits einige Interviews gegeben. Eine Bischofswahl war für die Medien interessant, auch wenn ein evangelischer Bischof natürlich lange nicht so viel hermachte wie ein katholischer. Aber irgendwie war Bischof gleich Bischof. Steufel war an diesem Morgen in seinem Lutherrock erschienen und gab so ein interessantes Bild fürs Fernsehen ab. Er ließ sich immer nur auf der Eingangstreppe des Landeskirchenamtes ablichten, so stand er erhöht und wirkte größer. Die Medien hatten keine Skrupel, schon vor der eigentlichen Wahl zu fragen und zu filmen, und Steufel hatte auch keine Bedenken. Die Wahl am Nachmittag wurde von allen als eine reine Formalität angesehen. Steufel war der einzige Kandidat und mit der Verlesung des Briefes am gestrigen Tag war aller üblen Nachrede ein Ende gesetzt worden. Steufel hatte Marliese König angewiesen, alle ihn betreffenden Fernseh- und Rundfunksendungen des Abends mitzuschneiden und am nächsten Tag alle regionalen und überregionalen Zeitungen auf entsprechende Artikel zu durchforsten.

Steufel freute sich auf die Tagung und auf die Feier am Abend. Heute würde man feiern und ab nächste Woche würde in der kleinen Landeskirche ein anderer Wind wehen. Der liberalen Beliebigkeit des Dr. Martin würde er ein Ende setzen, vor allem seiner unverständlichen Toleranz gegenüber Frauen und Homosexuellen, die alten Werte würden wieder in ihr Recht eingesetzt. Heute aber würde er seinen Sieg genießen. Flagel würde er als neuen Oberkirchenrat vorschlagen, Dr. Stein würde er austrocknen.

Zunächst aber hatte Dr. Stein seine Aufgabe zu erfüllen. Er hatte in die Wahl einzuführen, den Synodalen das Prozedere zu erklären und die Pflichten und Rechte des Bischofs darzulegen. Dies war die Aufgabe des leitenden Juristen, der für dieses Amt selbst nicht kandidieren konnte.

Punkt fünfzehn Uhr waren die Synodalen im Sitzungssaal versammelt, pünktlich wie sonst nie. Der Synodalpräsident erteilte Dr. Stein das Wort. Der stellte sich ans Rednerpult, begrüßte die Mitglieder der Synode und das Präsidium – und mit einem eigentümlichen Lächeln auch Oberkirchenrat Steufel. Er legt das Wahlverfahren dar, das sich eigentlich nicht von anderen Personalentscheidungen unterschied, erklärte die Rechte und Pflichten des Bischofs und wandte sich zum Schluss noch einmal an die Synodalen: „Hohe Synode! Auf die Ausschreibung hin hatten sich zunächst drei Kandidaten gemeldet, davon entsprachen zwei den formalen Voraussetzungen. Ein Kandidat hat zwischenzeitlich seine Bewerbung zurückgezogen, sodass heute als einziger Kandidat Herr Oberkirchenrat Steufel zu Wahl steht. Ich möchte ihnen noch einmal aus gegebenem Anlass eine Passage aus dem Ausschreibungstext verlesen, wenn Sie, Herr Synodalpräsident, mir dies gestatten." Der Synodalpräsident nickte mit einem erstaunten Schulterzucken. Dies war ein ungewöhnlicher Vorgang, von dem keiner so recht wusste, was Dr. Stein damit bezweckte.

„Es ist eine gute Tradition in unserer Landeskirche, dass wir bei der Ausschreibung des Bischofsamtes den Ersten Brief an Timotheus zitieren. Ich möchte dies hier noch einmal tun: ‚Ein Bischof soll untadelig sein, Mann einer einzigen Frau, nüchtern, maßvoll, gastfrei, geschickt im Lehren, kein Säufer, nicht gewalttätig, sondern gütig, nicht streitsüchtig, nicht geldgierig, einer, der seinem eigenen Haus gut vorsteht und gehorsame Kinder hat in aller Ehrbarkeit. Denn wenn jemand seinem eigenen Haus nicht vorzustehen weiß, wie soll er für die Gemeinde Gottes sorgen? Er muss auch einen guten Ruf haben bei denen, die draußen sind, damit er nicht geschmäht werde und sich nicht fange in der Schlinge des Teufels.'

So weit der Timotheusbrief. Es ist nun ihre Aufgabe, sich eine Meinung zu bilden, ob der zur Wahl stehende Kandidat diesen Anforderungen entspricht. Bevor sie zur Wahl schreiten, möchte ich Sie aber noch über einen Fund informieren, den unser Archivar, Herr Dr. Wagner, heute Morgen gemacht hat."

Friedrich Flagel ahnte, dass nichts Gutes folgen würde. Er streckte beide Arme empor und rief: „Zur Geschäftsordnung!" Dr. Stein unterbrach seine Rede. Der Synodalpräsident sagte. „Synodaler Flagel, was ist ihr Anliegen?"

Flagel sprang auf. „Es ist in der Wahlordnung nicht vorgesehen, dass der leitende Jurist bei seiner Einführung in die Wahl über Funde im Archiv berichtet. Ich bestehe darauf, dass wir nun zur Wahl schreiten."

„Herr Dr. Stein, was sagen Sie dazu?" wandte sich der Synodalpräsident zum Rednerpult.

„Der Synodale Flagel hat recht", antwortete Dr. Stein. „Allerdings steht dieser Fund in Zusammenhang mit der Wahl und ich bitte fortfahren zu dürfen." Der Synodalpräsident nickte. Flagel setzte sich. Oberkirchenrat Steufel erstarrte.

„Gestern wurde Ihnen der Brief von Bischof Dr. Martin vorgelesen, den er für den Fall seines Todes geschrieben hatte. Eine Kopie dieses Briefes ist bei den Unterlagen aufgetaucht, die die Witwe von Dr. Martin unserem Archiv zur Verfügung gestellt hat. Der Brief, der Ihnen gestern vorgelesen wurde und von dem Sie eine Kopie erhalten haben, umfasste zwei Seiten. Der Brief, der heute Morgen gefunden wurde, umfasste drei Seiten."

Dr. Stein blickte zu Steufel hinüber, der keine Regung zeigte.

„Es wurden Ihnen gestern die erste und die letzte Seite des Briefes vorgelesen. Ich lese Ihnen nun auch noch die zweite Seite vor. Dr. Wagner wird sie Ihnen anschließend austeilen. Auch diese zweite Seite ist mit der Handschrift von Bischof Dr. Martin geschrieben und gehört offensichtlich zwischen die beiden Ihnen bereits bekannten. Es handelt sich um eine Kopie, und ich nehme an, das Original befindet sich im Besitz von Oberkirchenrat Steufel." Der blickte starr vor sich hin auf den Tisch.

„Nun also der Text der zweiten Seite des Abschiedsbriefes von Dr. Martin: ‚Zugleich möchte ich so etwas wie ein Vermächtnis weitergeben. Es kann nicht meine Aufgabe sein, den Nachfolgenden gute Ratschläge zu geben. Wer sich um das Wort Gottes im täglichen ernsthaften Gebet bemüht, wird von Gott seinen Weg gewiesen bekommen. Nur zu einer Frage möchte ich mich äußern. Es ist eine Frage, die mich seit Langem umtreibt. Unsere Kirche geht nicht selten falsche Wege und versündigt sich dabei an Menschen, die ihr anvertraut sind – als Gemeindeglieder, als ihrer Fürsorge empfohlene Menschen, als Schwestern und Brüder, die bei ihr in Lohn und Brot stehen. Dies gilt in besonderer Weise für die Frauen. Ich denke, es ist an der Zeit, dass auf dem Bischofsstuhl unserer Landeskirche eine Frau zu sitzen kommt. Nicht weil Frauen die besseren Menschen oder die besseren Christinnen wären, sondern weil wir als Kirche über Jahrhunderte hinweg Frauen benachteiligt haben."

Während der Verlesung des Textes war es im Sitzungssaal immer lauter geworden. Nun nachdem Dr. Stein geendet hatte, sprangen einige Synodale auf. Der Synodalpräsident schaute zu Steufel und fragte: „Herr Oberkirchenrat Steufel, was sagen Sie dazu?"

Steufel sah den Präsidenten unverwandt an, stand auf und verließ den Saal.

20

Am Abend betrank sich die Synode, nicht alle, aber doch die meisten.

Nachdem Oberkirchenrat Steufel den Sitzungssaal mit starr nach vorne gerichtetem Blick verlassen hatte, hatte der Synodalpräsident die Sitzung für unterbrochen erklärt. Die innerkirchliche Diplomatie lief in den folgenden dreißig Minuten auf Hochtouren. Die Sprecher der drei kirchenpolitischen Gruppen trafen sich auf dem Flur. Katarina Bora lehnte mit dem Rücken an der Fensterbrüstung und schaute vorwurfsvoll auf die beiden Männer vor sich. Ihre Gruppe, die Soziale Kirche hatte von vorneherein Bedenken gegen diesen Steufel gehabt und deshalb einen eigenen Kandidaten aufgestellt. Aber irgendwie war es denen gelungen, ihn zum Rückzug zu bewegen. Matthias Balsam von den Liberalen ging immer drei Schritte vor und drei zurück, zog bei jeder Kehrtwendung nervös an seiner Zigarette und schüttelte unablässig den Kopf. Der von Friedrich Flagel dagegen war wie demütig gesenkt. Eine solche Blamage für seine Gruppe. Er hatte auf Steufel gesetzt und ihm vertraut. Wie sollte es nun weitergehen? Was sollte nun aus ihm werden? Den Oberkirchenrat konnte er sich wohl abschminken. Während er auf die Fliesen des Bodens starrte und im Augenwinkel seine beiden Gesprächspartner beobachtete, kam ihm der erlösende Gedanke. Wenn er jetzt nur entschieden genug handelte, dann könnte er selbst als nächster Bischof kandidieren. Er musste sich als derjenige profilieren, der diesen Konflikt souverän lösen konnte.

„Steufel ist nicht mehr wählbar. Wer die Synode in solch einer Weise hintergeht, den letzten Willen des verstorbenen Bischofs fälscht, indem er eine ganze Seite weglässt, ist als Bischof nicht tragbar. Auf keinen Fall. Es wird zudem auch noch zu überprüfen sein, ob er weiterhin als Oberkirchenrat tragbar ist. Aber das ist heute nicht das Problem." Flagel hatte sich aufgerichtet und versuchte Haltung zu bewahren.

„Das wird aber spätestens am Montag das Problem sein, mit dem sich der Landessynodalausschuss zu befassen haben wird", setzte Katarina Bora energisch hinzu.

„Und wie gehen wir heute vor?" Matthias Balsam war einen Schritt auf Flagel zugegangen. „Unter diesen Umständen können wir auf keinen Fall wählen."

„Überlassen sie das mir." Flagel versuchte, sich staatsmännisch zu geben. „Ich werde das in die Hand nehmen. Ich gehe zu Steufel und werde ihm nahelegen, die Kandidatur zurückzuziehen. Es erfolgt eine neue Ausschreibung und das Spiel ist wieder offen."

„Dann sollten wir beim nächsten Mal den letzten Willen unseres Altbischofs berücksichtigen", sagte Katarina Bora.

„Welchen meinen Sie?" fragte Matthias Balsam.

„Den mit der Frau meint sie", antwortete Flagel, ohne gefragt zu sein.

„Ich kann für mich selbst sprechen, Herr Kollege", fauchte Bora ihn an.

„Das ist doch Unsinn", sagte Balsam. „Wer könnte denn dafür schon in Frage kommen?"

„Das lassen Sie uns mal abwarten", gab Bora zurück.

„Ihre Gruppe wird doch nicht auf ihren Kandidaten Meyer verzichten wollen, oder? Da werden sie aber intern keine Mehrheit für eine Frau bekommen." Flagel schien in die Zukunft schauen zu können.

„Also ich finde Ihren Vorschlag gut, Flagel. Sie stehen mit ihrer Gruppe nun in der Verantwortung." Balsam freute sich, einen souveränen Ton gefunden zu haben.

„Und ich bin bereit, die Verantwortung zu übernehmen. Sagen Sie bitte dem Synodalpräsidenten, was wir abgesprochen haben. Ich hoffe, in spätestens einer halben Stunde zurück zu ein." Flagel ging den Flur entlang zur Treppe, die in dem Amtsbereich von Steufel hinaufführte.

Eine halbe Stunde später hatte Flagel seinen Auftritt vor der wieder versammelten Synode.

„Liebe Mitsynodale, Oberkirchenrat Steufel hat uns in eine schwierige Situation gebracht. Sie werden wie ich der Meinung sein, dass wir unter diesen Umständen keine Bischofswahl vornehmen können." Zustimmendes Gemurmel lief durch den Sitzungssaal. „Ich habe deshalb mit Herrn Oberkirchenrat Steufel gesprochen. Ich habe ihm nahegelegt, seine Kandidatur zurückzuziehen." Das Gemurmel verstärkte sich. „Er hat meinen Rat angenommen. Ich denke, auf diese Weise ist Schaden von unserer Landeskirche abgewendet worden." Flagel erntete tosenden Applaus, mit dem die Synodalen ihrer Erleichterung Ausdruck gaben. Als er das Rednerpult verließ, schwor er sich, in sechs Wochen wieder hier zu stehen, um als Bischof zu kandidieren.

Man beschloss, die wenigen noch verbleibenden Tagesordnungspunkte zügig zu behandeln und sich anschließend zu dem Büfett zu begeben, das eigentlich für die Feier der Bischofswahl aufgebaut werden sollte, nun aber nicht mehr abzubestellen war.

Als sich am Abend die Synode betrank – nicht alle, aber doch die meisten – blieben Engel und Wagner in ihren Katakomben. Keiner von beiden hatte so recht Lust, sich unter die Synodalen zu mischen, von denen die einen bereits wieder Pläne für die nächste Wahl schmiedeten, die anderen sich darin ergingen, schon immer gewusst zu haben, was für einer dieser Steufel sei, die dritten an den Mündern der Meinungsführer hingen und sich angesichts des eigenen Informationsdefizits von Minute zu Minute kleiner fühlten, wieder andere sich mit Wein abfüllten und den Köstlichkeiten des Büfetts vollstopften, um sich für die Leiden der vergangenen Sitzungstage zu belohnen, und der Vorsitzende des Finanzausschusses mit seiner Stellvertreterin flirtete und auf einen günstigen Moment wartete, zusammen mit ihr den Raum zu verlassen. Flagel ging durch den Saal, sprach diese an oder jenen und fühlte sich als Held des Tages.

Gundula Wiesnhüter hatte sich zu Rufus Liber gesellt, man sprach über interessante Buchausgaben aus dem achtzehnten Jahrhundert. Fritz Meyer hatte eine neue Blume auf Gottes schöner Wiese entdeckt, die er gerne pflücken wollte. Melanie Honig jedoch war in intensivem Gespräch mit Katia Bechstein, der Journalistin, die eigentlich gekommen war, um einige Äußerungen der Synodalen zu sammeln, mit denen sie ihren Leitartikel für die morgige Ausgabe der Zeitung untermauern könnte, die aber in der Sekretärin von Fabian Agricola eine reich sprudelnde Informationsquelle gefunden hatte. Agricola selbst war von Marliese König angestellt worden, dafür zu sorgen, dass das Synodalpräsidium immer gut mit Getränken versorgt war, eine Aufgabe, die Agricola nach anfänglichem Zögern gerne übernommen hatte, versetzte sie ihn doch in die Lage, einflussreichen Leute näher zu kommen. Die ersten Sprossen der Karriereleiter sollte man möglichst früh erklimmen.

Dr. Stein saß in einer Ecke des Saales. In der Hand hielt er seine Pfeife, auf dem Fenstersims neben ihm stand ein Glas Rotwein. Selbst die nett gemeinten Annäherungsversuche einiger Synodalen, die den armen Mann da nicht so allein sitzen lassen wollten, vermochte er durch ein freundliches „Danke, mir geht es gut." und die extensive Produktion von Tabakqualm schnell zu erledigen. Er war es zufrieden. Dieser Tag war ein guter Tag für seine Kirche und für ihn gewesen. Ein oder zwei Mal erwischte er sich an diesem Abend, dass er tatsächlich annahm, die Kirche könnte noch einen guten Weg nehmen. Aber er verbat sich diesen Hauch von Optimismus als unzulässige Euphorie, die er auf den Verlauf des Tages und den Rotwein zurückführte.

Wagner war kurz hinaufgegangen und hatte aus dem Sitzungssaal zwei große Teller vom Büfett und zwei Flaschen Sekt geholt. Er ahnte, dass ihm und Judith Engel der Tag der Auferstehung bevorstand.

„Das müssen wir feiern, dies ist ein großer Tag für die Landeskirche und ihr Archiv. Ich habe es, wenn ich mich recht erinnere, doch schon einmal gesagt: Iniqua nunquam regna perpetuo manent – ungerechte Herrschaft regiert nicht ewig. Dies ist der Tag, an dem sich die Gerechtigkeit ein Stück Land zurückerobert hat." Wagner holte zwei Gläser und öffnete eine der beiden Sektflaschen.

„Friedrich, ich bin enttäuscht", sagte Judith Engel, als er ihr ein mit Sekt gefülltes Glas hinhielt, und schaute ihm in die Augen.

„Varium et mutabile semper femina – eine Frau ist stets launisch und unberechenbar. Was habe ich denn jetzt schon wieder falsch gemacht? "

„Ich habe damit gerechnet, dass solch große Momente des Lebens und der Geschichte bei dir mit Birnensaft gefeiert werden."

„Wie recht du hast – für die wirkliche großen Momente ist Sekt zu schnöde. Aber der wirklich große Moment kommt erst noch." Er hielt ihr das Glas hin und stieß mit ihr an.

Die beiden leerten zwischen den Akten und anderen Relikten vergangener Zeiten ihre Teller und eine Flasche Sekt. Durch die Ereignisse des Tages und das alkoholhaltige Getränk schienen sich die Katakomben des Archivs in einen Vorhof des Himmels zu verwandeln.

„Nun bitte ich um wenige Minuten Geduld", sagte Wagner plötzlich. Er öffnete einen Schrank und holte einen tragbarer CD-Spieler heraus und stellte ihm im Flur auf. Nach einigen Minuten kam er zurück.

„Darf ich bitten?!" Er nahm Judith Engel an der Hand und führte sie auf den Flur hinaus. Die Leuchtstoffröhren waren ausgeschaltet, stattdessen brannten die Kerzen auf den Leuchtern zwischen den Türen und tauchten den langen und breiten Raum in ein warmes Licht. Friedrich Wagner nahm Judith Engel in den Arm, der CD-Spieler ließ „Did you ever really love a woman" hören, und die beiden tanzten im Walzerschritt den Gang des Archivs entlang, an dessen Ende zwei Gläser mit Birnensaft auf einem kleinen Vorsprung standen.